한국 천주교문학사

한국 천주교문학사

지은이

구중서 具仲書, Koo Joong-Seo 경기도 광주(廣州) 출생. 중앙대 대학원 국문과에서 문학박사 학위. 수원대 국문과 교수, 한국가톨릭문인회 회장, 한국작가회의 이사장 역임. 수원대 명예교수. 1963년부터 문학평론 활동. 저서로는 평론집『민족문학의 길』,『한국문학사론』,『한국문학과 역사의식』,『자연과 리얼리즘』, 시조집『불면의 좋은 시간』,『세족례』 등이 있다.

한국 천주교문학사

초판 인쇄 2014년 6월 20일 **초판 발행** 2014년 6월 30일

지은이 구중서 **펴낸이** 박성모 **펴낸곳** 소명출판 **출판등록** 제13-522호

주소 서울시 서초구 서초중앙로 6길 15 (란빌딩 1층)

전화 02-585-7840 **팩스** 02-585-7848 **전자우편** somyong@korea.com **홈페이지** www.somyong.co.kr

값 18,000원 ⓒ 구중서, 2014

ISBN 979-11-85877-01-3 93810

이 도서의 국립중앙도서관 출판예정도서목록(CIP)은 서지정보유통지원시스템 홈페이지(http://seoji.nl.go.kr)와 국가자료공동목록시스템(http://www.nl.go.kr/kolisnet)에서 이용하실 수 있습니다.(CIP제어번호: CIP2014019219)

본 저서는 가톨릭대학교 강엘리사벳 연구기금의 연구비 지원에 의해 작성되었음.

한국 천주교문학사

history of Korean Catholic literature

구중서

소명출판

차례

제1장

서론

범위 · 방법 · 목표

범위·방법·목표

이『한국 천주교문학사』를 쓰는 동기와 목적은 종교의 범위에 국한하려는 것이 아니다. "문학예술은 인간 본연의 자질과 세계를 이해하고 완성시키려고 노력하며, 인간의 보다 나은 운명을 개척하는 데에 이바지한다"[1]는 보편적이고 실제적인 인식에서 출발하여, 문학의 구체적 현장을 역사 안에서 밝혀보려 하는 것이다.

천주교는 세계적으로 가톨릭이라 불린다. 가톨릭은 보편적이란 뜻을 지닌 라틴어 Catholicus에서 온 말이다. 이탈리아 태생으로 포르투갈의 동아시아 선교에 참여한 마테오 리치 신부가 1583년 중국에 와서 가톨릭의 기도문들을 한문으로 번역하는 과정에서 그리스도교의 deus(신神)

---

1 제2차 바티칸공의회 '사목헌장' 62항, 한국천주교중앙협의회, 1969.

를 '천주天主'로 표기하기 시작하였다. 그가 1603년에 간행한 교리 해설서도 『천주실의天主實義』라 하였다. 이러한 과정을 거치며 중국과 조선에서는 가톨릭교를 천주교로 부르게 되었다. 그러나 천주교와 가톨릭교를 같은 뜻으로 함께 지칭하기도 한다.

가톨릭교는 원래 사도시대로부터 그리스도교의 정통을 계승해 왔으며, 그 초대 교회 때부터 신자들이 외우는 기도문 「사도신경」에 '보편된 교회'를 믿는다는 말이 들어 있다.

범위

성서는 창세기에서부터 하나의 우주를 말하고 있으므로 하나의 보편성, 보편적 가치를 제시하였다. 또한 부활 신앙에서 보듯이 육신을 초월하는 영혼의 세계와 거기에 동반하는 영원한 진리가 전제되어 있다. 이러한 정신을 중심축으로 세우고, 횡적 상황으로는 어떠한 범위가 가능할까.

한국 천주교문학사는 구체성을 지니는 단서와 근거를 한국 천주교역사 안에서 취하게 된다. 다만 이것은 폐쇄적 호교護教 의식이 아니며 정신 차원으로 자연스럽게 문화를 담당하는 것이다. 그리고 횡적인 상황으로 볼 때 보편의 세계와 한국이라는 민족적 성격의 관계는 어떻게 이해할 수 있을까.

민족은 문화와 깊은 관련을 맺고 있다. 민족은 출생에 인연을 지니는 공동체이나 그것은 생물학적 관념을 넘어 '문화적 혈통'의 성격을 띤다. 문화에는 언어가 있고 사회적 인습과 역사적 추억과 희망이 있어 하나의 집단 무의식을 이룬다. 이러한 성향 때문에 민족은 사람들에게 제2의

천성을 주는 토양이 되기도 한다. 국가는 좀 더 자주 변해도 민족은 더 오래 지속된다.[2]

보편의 세계와 민족의 관계는 서로 대립하게 되어 있는 것이 아니며 협력과 조화의 관계로 만날 수 있다. 가톨릭의 정신이 소중히 생각하는 것은 '만남'이다.

교회는 모든 시대 모든 백성에게 파견되었으므로 어느 민족 어느 나라의 전통 관습에 대해 배타적인 입장이 아니다. 교회와 여러 형태의 문화가 만나는 것은 서로를 풍요하게 해 준다. 인간적이고 시민적인 문화를 촉진한다. 신학교나 교회가 운영하는 대학에서 신학과 철학만 가르치고 다른 분야 학문들에 대해 무지하면 같은 시대의 사람들과 어떻게 소통할 수 있겠는가. 신학을 가르치는 이들은 다른 분야 학문의 전공자들과 협력하기에 힘써야 한다. 교회는 사람들과 협력해야 하므로 각 민족 공동체의 한복판에 반드시 참여해 있어야 한다.[3]

근대 사회가 복잡하게 발전함에 따라 산업이 분업화하고 학문도 19세기 후반의 실증주의 철학에 동반하며 분석주의 경향으로 대세를 이루어 나아갔다.

분석주의는 일면적 충실성을 인정받을 수 있으나 인간과 세계의 전모를 보는 데에 장애가 되기도 한다. 이 한계 때문에 인간성에서도 전인적 인격이 파편화되어 결국 비인간화의 폐단을 낳는다. 인간회복과 인문학

---

2 자끄 마리땡, 한용희 역, 『인간과 국가』, 가톨릭출판사, 1978 참조.
3 '사목헌장' 58 · 62 · 89항.

의 부활이 요청되고 있는 것이 현대 사회의 상황이다.

인간회복을 위한 노력에서 문학과 종교의 몫이 크다. 두 분야는 서로 소통하고 협력함으로써 그야말로 서로를 풍요하게 할 수 있다. 문학과 신앙적 영성의 관계에서도 자칫 분석주의적 견해가 개입할 수 있다. 가령 도스토예프스키의 소설에 관한 견해의 경우를 들 수 있다. 어떤 이는 도스토예프스키의 소설에서 '인간 속의 인간'을 발견한다고 말한다.

이러한 견해에 대해 도스토예프스키 자신이 말하였다. "완전한 리얼리즘 속에 인간 속의 인간을 발견하는 것, (…중략…) 나를 심리학자라고 부른다. 틀린 말이다. 나는 한층 높은 의미에서 리얼리스트일 뿐이다. 즉 나는 인간 영혼의 심연을 묘사한다."[4]

문학 작품이면서 문학 이상의 그 무엇, '영혼의 깊이' 이것이 없다면 문학은 문학을 위한 문학, 예술을 위한 예술로 머물러 자기 소모로 사라질 수 있다. 신앙과 문학의 관계는 이만한 차원을 필요로 한다. 리얼리즘도 이러한 경지까지 알아야 비로소 리얼리즘이다. 발자크가 전형성 외에 '전망'을 더 가지고 있었던 것도 같은 경지라 할 수 있다. "더 높은 의미, 영혼의 심연, 전망……." 이런 경지를 지닐 때 문학은 인간의 삶이 그러하듯 종결되지 않고 살아남을 것이다.

한국의 천주교문학이 일정한 경지의 자산이라고 볼 수는 없더라도, 역사 속 삶을 감당하고 목숨과도 바꾼 영혼의 의미들을 지니고 있다. 이러한 문학을 수렴하는 안목의 범위는 분석에 멈출 수 없고 우선 종합을 하고 창조적 전망을 모색하는 것이다.

이러한 계기에 한국 천주교문학사에 착안한 기존 작업들을 간략하게

4　변현태, 「바흐찐의 소설이론과 그 현재적 의미」, 『창작과비평』, 창비, 2013 봄, 400면.

라도 헤아려 보고자 한다. 천주교 신앙이 조선조 후기가사 4 · 4조 2음보 형식을 취해 신자 사회에 보급된 것을 천주가사라 하는데, 이 분야에 대한 처음 연구는 김동욱의 논문 「서교 전래후의 천주찬가」(『인문과학』 21, 연세대, 1969)였다. 그 뒤 김약슬의 「카토릭 성가 가사」(『문화비평』 2권 1호, 1970), 오숙영의 「천주교 성가 가사고」(숙명여대 석사논문, 1971) 등이 발표되었다. 이어서 단행본 연구서들을 보겠다.

하성래, 『천주가사 연구』[5] : 이 분야 최초의 본격적인 연구 저작이다. 조선시대 천주교 전래의 과정과 동 · 서 문명의 만남과 갈등, 작품과 작자에 대한 해설이 갖추어져 있다.

강희근, 『한국 가톨릭 시 연구』[6] : 강희근의 가톨릭 시 연구는 천주가사 시기 이후 1930년대에 발간된 『가톨릭 청년』을 비롯한 가톨릭 지면들에 발표된 자유시 작품들을 대상 범위로 잡고 있다. 연구의 방법은 분석주의에 의거하는데, 거론된 작품들은 정지용과 이효상 외에는 거의가 아마추어급의 것이다. 가톨릭 지면에 발표되었다는 점에서 가톨릭 시로 가정한 것 같다. 연구자 자신이 결론 부분에서 언급하기를 전문 시인과 아마추어 신자들 사이의 위상 설정이 논의될 필요가 있다고 하였다.

김인섭, 『한국문학과 천주교』[7] : 이 연구는 목차에서 '개화기 천주가사'라는 표현을 쓴 데서 보이듯이 조선조 말엽을 근대 이행기로 보며, 서양의 그리스도교 문명을 영입하는 조선 사회의 대응 관계에 관점을 부여하였다. 또한 저서의 후반부에 제2부로 '천주교문학 사전'란을 설치한 것이 연구 저작 구성상의 문제로 보인다.

---

5   하성래, 『천주가사 연구』, 성황석두루가서원, 1975.
6   강희근, 『한국 가톨릭시 연구』, 예지각, 1989.
7   김인섭, 『한국문학과 천주교』, 보고사, 2002.

　한국 천주교문학사라는 하나의 총괄적 체재를 목표로 하면 앞에서 열거한 기존 연구들이 각기 일면적 한계들을 지니고 있다. 즉 천주가사라든가 자유시로서 신앙시 장르의 한정성, 그리스도 신앙 영입기라는 시대적 단계 자체가 역사적으로는 한계 상황이라는 것이다.

방법

　문학사도 역사이므로 문학사의 기술도 역사학의 발전 과정에서 서술 원리를 참작해 방법으로 취해야 할 것이다. 역사학의 역사는 길지 않다. 19세기 전반기에 랑케가 사료들만을 근거해 있는 그대로의 역사를 기록한 이른바 존재사학을 전개한 것이 역사학 장르의 독립으로 여겨진다. 다음으로 19세기 후반에 존재하는 역사 내용은 어떻게 생성되었는지 배경 연구를 추가한 것을 생성사학이라 한다. 람프레히트와 테느가 이 단계의 연구자인데, 특히 테느는 문학을 중심으로 문화사관을 제창한 것이 문학사에 고무가 된다.

　"한 기록으로서의 문학 작품은 그 가치가 매우 크다. 우리의 눈앞을 지나간 전시대의 정서를 알게 해 주는 기록들 중에서 문학이 특히 절대적으로 뛰어난 까닭은 사물의 섬세하고 미묘한 변화를 측정하고 식별하는 데에 가장 적합하고 민감한 때문이다. 그러므로 문학은 그 자체와 다른 소산물의 모든 좋은 점들도 포함하고 있다. 사람의 정신사는 문학의 연구에 의해 비로소 가능할 수 있다."[8]

　20세기의 역사학은 쉬펭글러와 토인비로 대표되는바, 인류의 역사는

8　테느, 이헌구 역,「영문학사 서론」,『비평의 이해』, 민중서관, 1968, 130~131면.

앞으로 어떠한 방향으로 나아가야 할 것인지를 다루어 당위사학으로 불린다.

한국의 문학사 연구는 사학사史學史의 이 전체 과정에서 문화사 중심 사관에 더 가까워지는 것이 바람직하다. 한국은 국토의 면적이 넓지 않으나 아시아 대륙의 동쪽 끝에 위치해 서쪽의 유럽 대륙에 직접 연결되는 특수한 지점을 차지한다. 동서 간에 왕래한 역사에 담긴 다양한 내용을 문화사 관점에서 대응하는 것이 필요하다.

이 한국 천주교문학사 기술 방법의 두 번째 요건은 통사적 총괄 속에 역사 사실과 작품론 작가론을 함께 싣는 것이다. 작품론을 위해서는 문예비평 기능도 필요하다. 수록 작품의 장르로는 시·소설 분야가 우선 해당된다.

지난 시기의 한국 문학사 기술들은 고전문학기와 현대문학기를 분리하고, 고전문학에 대해서는 서지적 연구에 그치며 현대문학에 대해서만 비평적 작품 평가를 가하는 경향을 보여 왔다. 시대가 경과함에 따라 문학 장르의 형식이 달라졌다 하더라도 문학사 저변에 흐르는 의미의 연결이 밝혀져야 할 것이다. 또 고전문학기 유산에 대한 작품론적 평가 작업이 가해져야 할 것이다.

한국문학사 전통 연결의 필요성에 관한 주장은 정병욱에 의해 1970년대에 제기되었다.[9] 그는 이 전통 단절이 일제 식민지 학계의 잔재라고 하며 반성하고 시정해야 할 일이라고 하였다. 이러한 각성에 따른다면 조선조 정약용의 한시와 후기 가사 형식인 천주가사와 현대 자유시 형식인 정지용의 신앙시에 고르게 문예비평적 평가가 가해져야 한다.

---

9   정병욱, 「고전문학과 신문학의 연속성」, 『청파문학』 11집, 숙명여대, 1974, 158면.

이 통사적 총괄에서 또 한 가지 주의해야 할 점은 문학사의 수용에서 '최근의 작품'을 배제하지 않아야 한다는 것이다. 작품에 대한 객관적 평가가 정착되기 위해 어느 정도의 시간적 여유는 있을 수 있겠으나 이른바 '학자적 태도Scholary attitude'가 지나치게 완고하고 냉담해져 우수한 작품의 수렴에서 손실이 생기는 것은 문제라는 것이다. 이러한 관점을 보인 웰렉과 워렌은 문학사 기술에 문예비평 기능이 필요하다는 점을 다음과 같이 제기하였다.

문학사가는 비평과 이론에 전혀 관여하지 않아도 된다고 하는 것은 전적으로 잘못된 생각이다. 그 이유는 간단하다. 예술 작품들은 지금 여기에 있으며 직접 관찰을 할 수 있다. 이 작품이 어제 만들어진 것이든 천 년 전에 만들어진 것이든 이 작품 자체가 예술상의 문제에 해답을 준다. 예술 작품은 비평의 원리에 계속 의지하지 않고서는 분석도, 특성을 나타내는 일도, 가치 평가도 불가능하다. 문학사가는 역사가가 되기 위해서도 비평가가 되지 않으면 안 된다.[10]

그러므로 이 천주교문학사는 지난 시기의 연구가 천주가사와 1930년대 시에서 그친 사례와 다르게, 2000년대까지 이르는 시·소설을 총괄해 수용하게 된다.

2000년대에 이르러서는 천주교 신자 문학인의 수가 크게 증대하였다. 문학사 기술 작업이 수렴하는 데에는 부득이 객관적 정선과 절제가 따르게 될 것이다. 문예비평적 평가가 동반되면서 총체적 분량 속의 전형

---

10 Wellek·Warren, *Theory of Literature*, London : Penguin Books, 1970, p.44.

적 요소가 가려지고 가치의 순위에 따라 언급이 절제되어 가다가 뒷날에 넘기는 대상들도 있게 될 것이다. 어차피 문학이 어느 시점에서 종결되는 것이 아니며, 의미를 헤아리는 대화가 계속 창조를 향해 이어지는 시기 단계가 있게 될 것이다.

특히 천주교문학사를 상정하는 개념 범위가 호교적 폐쇄주의가 아니고 보편적 진리에 지향하므로, 이 작업은 다만 가치의 본질과 의미의 끝없는 깊이에 겸허히 참여하는 일이 되어야 할 것이다.

목표

초두에서 문학을 신앙에 연계하는 의미에 대해서는 관념적 형이상학 차원에 들어가기를 삼가며, 가치의 보편성 지향과 현실 속 인간 운명의 향상에 이바지하는 명분에 대해 언급하였다. 이 뜻을 부연하면 '인간의 구원'에까지 이어질 수 있다.

문학을 통한 구원救援의 문제는 자유로운 개인으로부터 시작된다. 이 개인은 도피적이고 폐쇄적인 인물이 아니고 지금 여기에 있는 바로 나의 실감이며 존재 인식의 뿌리이다. 뿌리로 돌아가 델피 신전의 문설주가 말하는 '너 자신을 알아라'에 진지하게 대응해야 새로운 나를 발견하기 시작한다. 그리하여 과거의 나와 새로운 나가 복수를 형성하고 외부의 군중에게 인간애를 느끼게 된다.

문학예술은 원천적으로 자연미를 함께 지니고 있지만, 인간은 전체 우주에 대해 알기를 욕구하는 운명을 또한 지니고 있다고 칸트가 말하였다. 그렇다면 이 문제를 철학이 해명해 주는가. 근대 이후 철학은 보편적 지혜로서의 역할과 탐구로부터 벗어나 인간 인식의 여러 영역 중의 한 개별학문으로 축소되었다. 마치 인식론 자체의 논리와 도구적 공리주의에 빠져버린 형세이다. 원래 고대로부터 철학이 엘리트주의를 지녀온 성향이 보편적 역할을 되찾기 어렵게 하는 것으로 보이기도 한다.

철학 다음으로 종교적 신앙은 우주의 궁극적 원리에 대한 문학예술의 소통에 어떻게 기여할 수 있을까. 가톨릭 문헌 『신앙과 이성』[11]은 우선 철학과의 동행을 선언한다. "오늘의 세계 서로 다른 문화 전통 안에 살면서 인간의 삶을 관통하고 있는 근본적인 질문들, 곧 나는 누구이며 어디서 와서 어디로 가고 있나?" 이 문제에 대해 이스라엘 고전과 동양의 공자·노자의 저서 및 석가의 설법에서 두루 살펴야 할 의무가 우리 모두에게 있다. 계시 종교의 복음과 이성의 철학은 서로 대립되는 것이 아니고 서로 도움을 주는 관계이며 결국 "진리가 그대들을 자유롭게 하리라"(요한 8:32) 하는 데에서 함께 만나게 된다고 하였다.

실제로 보편적 지혜의 위상으로부터 축소되어 있는 철학의 입장은 '진리가 인간을 자유롭게 한다'는 성서의 말에 자연스럽게 동의하게 된다. 그런데 요한복음서의 이 간단한 결론은 철학에 대해서뿐 아니라 문학에 대해서도 크게 설득력을 발휘한다. 요한복음서는 바로 '말'의 존재론으로 시작되는 내용인데 문학의 기본 질료가 바로 '말'이다.

한 처음 말이 하느님과 함께 있었고 하느님과 같은 존재였다. 모든 것이 말을 통해 생겨나 생명을 얻었고 생명은 사람들의 빛이었다. 그 빛은 어둠 속에서도 비치는데 어둠이 빛을 이겨 본 적은 없다.(요한 1:1~5)

---

11 요한 바오로 2세, 『신앙과 이성』, 한국천주교중앙협의회, 1999.

문학예술이 원래 자연미와 예술미를 아우른 미학과 동반관계에 있으나 우주의 궁극적 원리와 인간의 구원 문제에 보다 절실하게 진입하는 데에는 '말의 영성'을 통하는 경로가 있다. 존재 근원으로부터 오는 살아 있는 "원초적 언어"[12]가 그런 것이다.

인간은 육체와 영혼으로 되어 있는데 식물이나 짐승과는 달리 인간만이 영혼을 가지고 있다. 세계 역사에서 물질주의가 증대하는 추세가 있으므로 영성의 강조는 가장 인간적인 특성을 지키는 일이다. '한 처음에 말이 있었다'고 했을 만큼 존재 근원으로 말의 위상은 크다. 그러나 그렇게 큰 만큼 영역도 또 하나의 세계인 양 그 내용이 단순하지 않다.

말들 중에 사전에 배열된 단어들이라든가 채집함에 나열된 곤충들처럼 움직이지 못하는 말들도 있다. 그러나 공중에 날아다니는 나비나 잠자리처럼 살아 움직이는 말들이 있다. 말의 이 움직임은 사람과 사람의 마음 사이에 움직임의 영향을 일으키기도 한다. 어린이가 '엄마!' 하고 부르는 말에는 아무 목적도 의미도 없다. 그러나 엄마와 가족들 안에 어떤 흐뭇한 평화의 마음을 전달한다.

말은 목소리와 일정한 사회적 약속인 개념이 합하여 표현되는 것이다. 그러나 어린이가 '엄마'를 부르는 데에 무슨 개념이 있는가. 먼저 말이 저절로 튀어나오므로 이것은 하나의 몸통을 형성한 존재 자체이다. 그다음에 그 '엄마' 소리 안에 평화의 소통이 있다고 하는 것은 뒤따르는 부연이다. 이처럼 말의 근본 기능은 이미 존재를 나타낸 사건이다. 성장한 청년이 상대 여성에게 '사랑한다'고 했을 때도 마찬가지 기능이다.

표현된 말은 연설도 되고 시의 낭송도 되며, 조그만 소라 껍질이 바다

---

12 K. 라너, 정대식 역, 『영성신학 논총』, 가톨릭출판사, 1981, 70~75면.

의 파도 소리를 반향하듯 우주의 신비도 전한다. 이러한 말은 영혼과 육체를 함께 지닌다. 형이상학과 역사를 손바닥의 앞뒤처럼 역시 함께 지니며 경계와 벽을 초월해 일치를 이룬다. 성서에서 말에는 생명과 빛이 있다고도 했거니와 말이 기능하는 공간도 유현한 먼 거리까지 이른다. 어두운 밤바다의 멀리 있는 등대가 은은히 빛난다. 등대의 불빛은 어둠 속 멀리 있을 때 존재의 진가를 발휘한다. 그것은 바로 구원이기 때문이다.

먼 어두움은 함축된 구원의 신비이다. 말에 의한 이 구원은 타율적 수혜가 아니고 인간다운 자기를 구현하는 일이다. 몽롱한 감수성에 침몰하는 것이 아니고 도덕적 상징으로 아름다워지는 것이다.

하나의 문학사 기술이 서문에서 '목표'를 표방하고 '구원'의 경지까지 언급하는 데 대한 설명을 덧붙이게 된다. 현대 세계의 정신 상황은 '문학'이 존재하는 명분 자체에 대해서도 회의를 느끼는 상태에 있다. 문학에 대한 다양한 이론서들 중에 비교적 첨예하고 진취적인 내용을 갖춘 테리 이글턴의 『문학이론 입문』[13]에 이러한 정황이 나타난다.

이 책을 쓰면서 이글턴은 '문학은 존재하지 않는다'는 주장을 논의의 시발점으로 삼았다고 하였다. 이것은 존재의 보편성에 대한 해체적 시각이다. 문학이론에 대해서도 "일종의 '메타 비평' 즉 비평에 대한 비판적 반성이라면 문학이론의 고유한 영역은 없는 셈"이라고 하였다. 역시 분석주의에서 재종합에 이르지 못하는 시대 경향을 가리키는 말이다.

"개인적 삶의 내적 풍성함이 문학의 탁월한 본보기"(242)라든가 "더 나은 사람의 의미는 구체적이고 실제적이어야 한다. 즉 정치적 상황 전체

---

13 테리 이글턴, 김명환 외역, 『문학이론 입문』, 창작사, 1986. 이하 이 책을 인용 시 인용문 뒤에 면수만을 표시한다.

에 관련되어야 한다"(256)는 데에서 저자는 균형 있는 이성을 보이면서도, 이 책의 대부분은 메타 비평 방법의 난해한 내용으로 채워져 있다. 이것은 문학의 존재 자체를 회의하는 데서부터 연구를 시작했다는 저자의 일면적 취약성에 연유하는 것이다.

이글턴 정도가 이러한 상태이니, 소쉬르의 비교언어학이 통시적 역사의식을 결여한 것으로부터 시작해, 탈구조조의, 해체주의, 포스트모더니즘의 수습 없는 분석적 나열로 혼돈이 문학에 초래되어 있다. 일찍이 소크라테스가 '진리에 대한 성실한 모색이 결여되어 있는 것이 소피스트들의 단점'이라고 말하였다. 토마스 아퀴나스는 '다른 생각들이라 해도 앞서 있었던 참된 것에 근거를 두고 있다'고 하였다. 보편적 가치의 근거는 늘 남아 있다는 넉넉한 마음의 표현이다.

역사가 진행하는 과정에서 변화가 많고 바른 방향을 향해 길을 트기가 어려운 때도 있다. "변화무상한 현상들 속에서도 변하지 않고 있는 것이 있는데 이것이 바로 새로운 돌파구이다."[14] 역시 사물과 감각을 초월한 정신적 차원에서 불변하는 진리를 가리키는 말이다. 문학과 문학사의 목표도 이러한 가치에 두어야 할 것이다.

---

14 정달용, 「Max Miiller의 철학적 인간학」, 『현대 그리스도사상 연구』, 대구가톨릭신학대, 1994.6, 22면.

제2장

동아시아와 서양의 만남

1. 민족문화의 현장에서

이 세계에 인류의 보편적 가치 의식이 있어도 사람들의 구체적 삶은 민족문화의 현장에서 이루어진다. 문학과 문학사는 특히 전적으로 민족의 언어에 의거하고 있다. 말은 일상에 조선말을 쓰고 있는데도 그 말을 표기하는 문자로서는 조선조 후기까지 한글이 공용 문자가 못되었다. 특히 지식인 계층이 한글을 사용할 수 있는 여건이 아니었다.

당시에 같은 실학파 학자로서 순암 안정복이 민족 주체사관 교과서 격인 『동사강목東史綱目』을 펴냈다. 당대에 대표적 지식인이었던 다산 정약용은 "나는 조선 사람 / 조선시를 즐겨 쓴다我是朝鮮人 甘作朝鮮詩", 이른바 조선시 선언을 했지만 말의 표기 방법으로는 한자를 사용할 수밖에 없었다. 그러나 그는 민족 주체의 정신을 지니고 있었다.

친구 한치응韓致應이 중국 북경에 사신으로 가게 된 데 대해 나산이 소감을 글로 적었다.

만리장성의 남쪽에 있고 오령五嶺의 북쪽에 있는 나라를 중국中國이라 부르고 요하遼河의 동쪽에 있는 나라를 동국東國 : 조선이라고 부르는데, 동국 사람의 신분인 채 중국으로 유람 가는 사람을 찬탄하고 부러워하지 않는 사람이 없다. 그들이 이른바 중국이라고 부르지만 나는 그 나라가 중앙이 됨을 알지 못하겠으며, 동국이라고 부르는 것도 나는 그것이 동쪽이 됨을 알지 못하겠다.

대개 해가 정상에 있을 때로써 정오正午를 삼는데 정오의 간격은 날마다 차이가 나서 그 시각이 같다고 한다면 내가 서 있는 곳이 동쪽과 서쪽의 한 중앙임을 알게 된다.(…중략…) 대저 동서남북의 중앙에 처음부터 차지하고 있는 지역이라면 가는 곳마다 중국이 아닌 곳이 없다. 그렇다면 중국이라는 칭호가 왜 있었을까. 요·순·우·탕의 다스림이 있어서 중국이라고 부르며 공자·안자·자사·맹자의 학문이 있기에 중국이라고 불렀다. 지금도 중국이라고 부를 만한 까닭이 어찌 있겠는가.

성인들의 다스림이나 성인들의 학문 같은 것은 우리나라에서 이미 다 얻어 내어 옮겨 놓아 버렸다. 다시 또 왜 먼 곳까지 가서 구해 올 필요가 있겠는가.

나의 친구 한치응이 나라의 명을 받들어 북경에 가려고 할 때 자만하는 모습으로 뽐내기에 내가 일부러 중앙과 동쪽의 학설을 만들어 기를 꺾어 놓고 겸하여 이렇게 힘쓰도록 하노라.[1]

"지금도 중국이라고 부를 만한今所以謂中國" 까닭이 없다는 다산의 지

---

1 정약용, 박석무 역, 「한치응을 북경에 떠나보내며」, 『다산문학선집』, 현대실학사, 1996, 70~71면.

적에 많은 내용이 담겨 있다. 요순으로부터 주周나라에 이르는 수기修己와 덕치德治의 시대는 지나갔고, 전국시대 이래의 중국은 패도의 땅이 되었다고 해도 지나친 말이 아니다. 그러나 '어떠한 오류가 있어도 앞서 있었던 참된 것의 근거는 남아 있다'는 토마스 아퀴나스의 말은 정당하고 넉넉한 생각이다.(각주 14)

오랜 역사를 거쳐 오며 한자漢字 문화권의 교양과 사상은 동아시아 각국이 함께 소유하는 자산이 되었다. 조선의 학자 정약용이 '중국에서 가져올 만한 정신적 가치는 이미 조선에 다 옮겨 놓았다'고 말한 데에는 특별한 의미가 담겨 있다. 그것은 당시의 중국이 만주족에 의해 통일이 된 청나라였는데 조선의 민심은 원래 여진족으로 불렸던 만주족의 문화적 수준을 높게 보지 않고 있었던 때문이다. 그러나 서양 나라들이 르네상스 단계를 거친 후 스스로 세력의 성장을 의식하고 더 먼 지역을 향해 진출했을 때 도달한 곳은 아시아의 동쪽에 있는 중국이었다.

유럽의 나라들은 아시아 대륙의 남쪽 연안 해로를 타고 거대한 상선과 그 선편에 동승한 그리스도교 선교사들을 동쪽으로 보내 인도와 중국에 이르렀다. 그리고 더 나아가 일본에까지 진출하였다. 16세기 후반에 동양으로 진출한 선교사들은 유럽에서 루터에 의한 종교개혁이 일어난 후 그리스도교의 정통으로서 가톨릭교회가 자체 개혁을 통해 더욱 활발히 전개한 선교활동에 속한 사제들이었다. 주로 예수회에 속한 성직자들이었다.

이탈리아 출신으로 1583년에 선교를 목적으로 중국에 온 마테오 리치(1552~1610)도 예수회 신부였다. 그가 저술해 1603년에 간행한 『천주실의天主實義』가 한문으로 된 천주교 교리서로서 조선에 천주교 신앙을 전파한 대표적인 책이나.

2. 동아시아와 서양

종교적 신앙도 큰 테두리에서 그 기능을 보면 '문화'에 속한다. 문화는 인간의 정신과 육체를 연마하고 발전시키는 데 관계되는 모든 것을 뜻한다. 그러므로 서양의 한 종교가 동아시아 지역에 전파되는 데 대한 인식은 문화의 큰 테두리 안에서 보아야 한다. 문화 안에서 신앙과 이성이 비교되고 역사와 현실이 대조된다. 그러면서 총체적 의미와 보편적 가치를 헤아릴 수 있다.

동아시아와 서양은 먼저 어느 편이 상대편을 향해 다가갔고 또 그다음엔 어떻게 되었는가. 역사 이전의 시대로부터 보면 언제 어느 쪽의 사람들이 먼저 어느 방향으로 움직였는지 추측하기 어렵다. 사람이 생활하며 도구를 사용한 첫 단계가 '구석기 시대'이다. 한국의 경기도 연천 전곡리의 구석기 유적 형성연대는 서울대 발굴단과 세계 학계에 의해 12만 년 전까지 소급될 수 있다고 추정되었다.[2]

역사에 기록되기 이전이지만 사람들이 생활하고 활동한 이 오랜 기간에 동아시아와 서양은 만남이든 침입이든 이동한 사례들이 있다. 고대 그리스의 알렉산드로스 대왕이 이끈 군대가 기원전 334년에 동쪽을 향해 진출하기 시작해 이집트와 중동 일대를 지배하고 더 멀리 인도의 국경을 넘었다. 알렉산드로스의 동진은 10년이 걸려 유럽의 그리스에서 아시아의 인도 인더스 강에 이르는 넓은 땅을 차지한다. 그는 회군하여

2 　김원룡, 『한국고고학개설』, 일지사, 1973, 20면; 최무장, 『한국의 구석기문화』, 예문출판사, 1986, 42면.

중동의 바빌론에 개선한 후 33세의 나이로 일찍 세상을 떠났다.

위대한 철학자 아리스토텔레스의 가르침 속에서 성장한 알렉산드로스 대왕은 '권력과 영토보다 선의의 지혜를 풍부히 갖고 싶다'고 말은 했으나 체질적 격정과 가치에 대한 회의 속에서 실패한 영웅이었다.

알렉산드로스의 침공을 겪은 인도는 마우리아 왕조의 아소카 왕 시대에 인도를 통일하고 불교의 교세를 크게 일으켜 이집트와 멀리 유럽의 마케도니아에까지 포교단을 보냈다. 중생의 구제를 지향하는 대승불교는 동아시아 쪽으로도 널리 전파되었다.

중동 지역에 속하는 이스라엘에서는 그리스도교가 태동하였다. 당시에는 이스라엘이 로마제국의 통치 아래 있었으므로 밑바닥 백성들이 유럽의 로마로 흘러 들어갔다. 이 이스라엘 백성들은 그리스도를 숭앙하는 사람들이었다. 그들은 로마에서 빌어먹기도 하고 투옥되기도 하고 순교를 하기도 하였다.

그리스도교 신자들은 지하 공동묘지인 카타콤바 안에 모여서 살아갔다. 거기에서 기도도 하고 노래도 하였다. 이들의 수가 늘어나 묘지 밖 민가 골목으로도 옮겨 갔다. 신자들이 점점 늘어나고 복음의 진리가 전파되어 로마제국의 콘스탄티누스 대제까지 그리스도교 신자가 되었다. 콘스탄티누스 대제 시대에 로마 제국의 국가 권력은 가톨릭교회를 존중한다는 의미에서 세속적 국가 권력의 권위와 의전적 형식들을 교회의 성직계에도 같은 수준으로 부여하였다.

이것은 가톨릭교회의 세속화라는 문제를 낳았지만, 다른 한편으로는 종교 세력의 세계화 현상을 낳기도 하였다. 이른바 '세계의 모든 길은 로마로 통한다'던 통념의 시대에 걸맞게 그리스도교가 전 세계에 진출하는 계기가 된 것이다. 중동의 이스라엘에서 시작된 그리스노교가 유럽의 복판으로 가서 로마 제국을 지배하고 다시 돌아서서 동쪽을 향해 진출한다. 동아시아에서 보기로는 서양의 종교인 그리스도교가 동아시아로 들어온다는 인식이 생기게 하였다.

서양에서 그리스도교 세계권이 계속 성장해 가는 동안에 동양에서는 아시아권의 몽골과 투르크 두 민족이 서쪽으로 진출해 유럽의 중심부에까지 도달한 사태들이 있었다. 몽골의 칭기즈칸 군대는 러시아의 모스크바를 점령했고 2대 오코타이太宗의 군대는 폴란드와 독일의 북부 유럽 연합군을 격파하고 도나우 강을 건너 이탈리아로 향하다가 오코타이의 사망을 맞아 회군하였다. 3대 쿠빌라이世祖에 이르는 13세기의 거의 전 기간에 걸쳐 몽골은 세계를 지배하는 듯한 형세를 보였다. 그래도 이 기간에 몽골은 송나라 때부터 발전해 온 문화로서 목판 인쇄술·나침반·화약 등을 서양에 전해 주었다.

중동 지역에 살면서 이슬람 신앙을 지닌 오스만 터키는 13세기 말경부터 세력을 키워 역시 유럽에 진출해 이베리아 반도의 스페인과 포르투갈에까지 이르렀다. 이베리아 본토에서 밀려나는 형세가 되어 동양의 인도를 찾아 간다고 1492년에 바다로 나간 콜럼버스가 뜻밖에 아메리카 대륙을 발견한다. 신대륙에서 금과 은을 비롯해 무진장한 자원이 유럽으로 옮겨졌다. 중동의 이슬람 세력과 3세기에 걸쳐 지루하게 십자군 전쟁을 벌여 온 유럽은 역설적으로 대서양으로 후퇴해 나갔다가 경제적으로 힘을 얻어 가지고 돌아온다.

그러나 아직도 유럽이 동양으로 진출하는 데엔 중동 지역이 가로막혀 있다. 유럽 자체로서는 르네상스 단계를 거쳐 인문적으로 개화되었고, 신대륙 아메리카로부터 들어오는 자원의 영향으로 생활과 문명의 수준이 크게 향상했는데 한편으로 인구가 크게 늘어났다. 결국 문명 운영의 공간을 넓혀야겠는데 정신적 차원에서는 그 대상이 아시아였다.

단순한 식민지 개척의 대상은 아프리카와 아메리카일 수 있지만, 문화의 질로 보면 일찍부터 동양 즉 아시아가 선망의 땅이었다. 이탈리아 사람 마르코 폴로는 17년간 중국에 머물고 돌아가 1295년에 『동방견문록』을 써 서양 사회에 널리 읽혔다.

로마의 가톨릭교회는 전 세계에 선교사들을 파견하였다. 프란치스코회 소속 요한 신부가 1294년 중국 북경에 도착해 선교 활동을 시작했으나 예수회 소속 마테오 리치가 1601년에 북경 거주를 시작하면서 교회가 재건되었다. 하느님을 한자로 '천주天主'라고 표기하기 시작한 이도 마테오 리치였다. 그는 1594년에 중국의 고전 『사서四書』(『논어』·『맹자』·『중용』·『대학』)의 라틴어 번역을 완료했고, 1603년에 한문으로 된 가톨릭 교리서 『천주실의天主實義』를 간행하였다. 그의 지도와 업적을 기반으로 하여 한자로 된 가톨릭 신앙서들이 계속 간행되었다. 조선의 사신 일행이 중국에 와서 그 책들을 본국에 가져갔다. 이른바 서학서西學書들이었다.

1784년에 조선의 이승훈이 중국 북경의 북천주당을 찾아가 그라몽 신부로부터 베드로를 영세명으로 해 세례를 받고 귀국함으로써 조선의 천주교회사가 시작된다. 이승훈이 중국에 가서 세례를 받고 돌아오기 이전부터 조선의 남인南人 실학파 학자들은 이미 국내에 들어와 있는 마테오 리치의 『천주실의』를 비롯해 천주교 서적들을 읽고 연구를 하였다.

특히 마테오 리치와 그의 저서 『천주실의』는 동아시아와 서양의 만남에 주요한 경계선이 된다. 이 경계 위에서 마테오 리치는 '최초의 세계인'으로 불리게 된다.[3] 동양과 서양을 함께 지닌 사람이라는 뜻이다. 세계

<hr>

3 히라카라 스케히로, 노영희 역, 『마테오 리치』, 동아시아, 2002, 357면.

인이 되어야 인류 '보편의 가치'를 추구하는 사람의 자격을 인정받을 수 있을 것이다.

1552년 이탈리아에서 출생한 마테오 리치는 가톨릭교회의 예수회 신부가 되어 1583년 선교사로 중국에 도착하였다. 그는 본국의 로마대학에 재학할 때에 라틴어와 그리스어까지 공부했고 그다음에는 스페인어와 포르투갈어까지 익힌 어학 실력을 가지고 있었다. 이역인 중국에 와서는 여러 해 동안 중국어를 배운 후 한문으로 저술도 하고 동아시아 고전을 서양의 라틴어로 번역도 한 것이다.

마테오 리치는 『논어』를 읽다가 다음과 같은 내용을 발견하였다.

자기가 좋아하지 않는 일이면 남에게도 하지 않아야 한대己所不欲 勿施於 시.(「위령공」편)

이 말은 제자인 자공이 스승인 공자에게 '평생에 지켜야 할 일로서 한 마디 말로 표현한다면 어떤 것이 있습니까?' 하고 질문한 데 대한 공자의 답변이었다. 이 답변의 전제로 '너그러워야 한대其恕乎'는 말도 덧붙여 있다.

마테오 리치는 그리스도 복음의 선교사로서 투철한 신앙인이었지만 『논어』의 위 대목은 『성서』의 복음과 거의 같은 정신임을 생각하게 되었다. 『성서』의 마테오 복음에는 "바라는 대로 남에게 해 주어라"(7 : 12) 한 것이 있다. 루가 복음에는 또 이런 내용이 있다.

"너희는 남에게 바라는 대로 남에게 해 주어라. 너희가 만일 자기를 사랑하는 사람만 사랑한다면 칭찬받을 것이 무엇이겠느냐. 죄인들도 자기를 사랑하는 사람은 사랑한다. 그러니 너희의 아버지께서 자비로우신

것같이 너희도 자비로운 사람이 되어라."(6 : 31~32 · 36) 이 대목의 바로 앞에서는 "원수를 사랑하여라."(6 : 27) "누가 뺨을 치거든 다른 뺨마저 돌려대 주고 누가 겉옷을 빼앗거든 속옷마저 내어 주어라. 달라는 사람에게는 주고 빼앗는 사람에게는 되받으려고 하지 마라."(6 : 29~30)

『성서』의 이러한 대목은 동양의 『논어』에서 '자기가 좋아하지 않는 일이면 남에게도 하지 않아야 한다'고 한 말과 같은 정신을 오히려 더 적극적으로 말하고 있는 것이다. 이러한 비교를 하고나서 마테오 리치는 동양 유학 사상과 그리스도의 복음이 서로 이해하고 인정을 받을 수 있다고 생각하였다. 그리하여 서로 입장을 바꾸어 생각할 수도 있고 '너그러운' 마음에서 동양 고전 속에 있는 상제上帝가 그리스도교의 하느님과 같은 뜻이라고 말하기 시작하였다. 동아시아에 신앙을 전파하기 위해 마테오 리치는 문화적 인식의 고리를 엮었던 것이다.

3. 이성과 신앙

동아시아에 진출한 예수회 신부들은 보고서 형식으로 로마의 바티칸에 계속해서 서한을 보냈다. 라틴어로 된 이 서한의 내용들은 유럽의 각국에 알려져 1616년부터 1625년에 이르는 때에 모든 나라의 언어로 번역 소개되었다. 이 기간에 동양을 소개하는 선교사들의 서한 내용이 프랑스에서만도 총 31권이 발간되었다.

보고서를 보내는 선교사들 중에서도 마테오 리치의 서한이 시기적으로 가장 앞섰고 내용 면에서도 가장 종합적인 것이었다. 그리고 마테오 리치를 비롯한 선교사들이 한결같이 느끼는 것은 동아시아의 중국 사회가 단연 '이성理性'에 의한 철학만으로도 훌륭하게 운영되어 가고 있다는 것이었다. 주로 공자의 철학에 따르고 있는 사회의 분위기에 관해 마테오 리치는 다음과 같이 기술하였다.

중국인 중 최고의 철학자는 공자로, 우리 주 예수 그리스도보다 550년 전에 태어나 70년에 걸친 훌륭한 생을 보낸 인물입니다. 그는 말과 행동 그리고 책으로 이 국민을 교화시킨 사람으로 이곳에서는 세상에서 가장 뛰어난 성인으로 추앙받고 있습니다. 실제로 공자의 말과 삶은 자연에 입각한 것이며 서양 고전 시대의 철학자들에게도 뒤지지 않습니다. 오히려 공자가 그들을 능가할 정도입니다.[4]

이러한 말에서 중요한 것은 공자의 말과 삶이 '자연에 입각한 것'이라는 인식이다. 프랑스 파리에서는 1687년에 『중국의 철학자 공자』라는 책이 출간되었다. 르네상스 이후 유럽에서는 종교적 계시와 예언 외에 인간의 이성을 선호하는 경향이 나타났다. 그것이 이른바 계몽주의 사조였다.

계몽주의 운동의 선도자였던 볼테르(1694~1778)도 동양에 관한 책을 20권 정도나 읽었다고 한다. 볼테르는 공자를 이성의 철학자로 칭송하였다. "이성만을 유효하게 사용하여 이성의 언어를 전하고, 세상 사람들을 현혹하는 일 없이 사람들의 지성을 계발하고, 예언자 같은 말을 전혀 않

<hr>

4   위의 책, 166면.

고 다만 현자로 이야기하여 사람들로부터 신뢰받는"[5] 사람이 공자라고
하였다.

이러한 볼테르가 디드로(1713~1784)를 비롯한 계몽주의자들과 함께
『백과전서』의 발간을 추진했고, 정신적으로는 이 작업의 연속선상에서
프랑스혁명이 일어났다. 철학자 헤겔은 '프랑스혁명이야말로 인류사의
마지막 완성 단계일 것 같다'고 말하였다.

서양에서 일어난 이러한 큰 변혁으로서의 근대 시민혁명이 보기에 따
라서는 동아시아의 합리적 이성철학의 영향이라고 말할 수도 있을 법하
다. 그러나 서양에서도 이성에 의한 철학의 전통이 없었던 것은 아니다.
고대 그리스에서부터 이성의 철학이 있어 왔다.

가톨릭교회의 성직자 아우구스티노(354~430)는 신플라톤주의의 사상
을 그리스도 신학에 참작하였다. 이것이 중세 신학의 큰 부분이었다. 사
제로서 신학자인 토마스 아퀴나스(1225~1274)도 아리스토텔레스의 철학
을 수용하였다. 이 내용이 이어져 14세기 이래 그리스도교 신학사상에
원용되었다.

문제는 인간 이성과 계시 신앙 사이의 끝없는 상관관계이다. 인류 최
대의 근본적 관심은 '인간은 어디서 와서 어디로 가고 있나. 나는 어떠한
존재인가?' 하는 점에 관련되고 있다. 이 존재 근원에 관한 의문에 있어
서는 합리적 이성으로써도 해명이 용이하지 못하다.

그리스도 신자라면 하느님이 세상을 창조했다고 하는 '믿음' 하나로써
이론의 여지가 없다. 그러나 믿음 자체를 이론으로 풀어내기는 어려운
일이다. 그러므로 마테오 리치가 천주교 신앙에 대해 문답 형식으로 쓴

---

5   위의 책, 160면.

『천주실의』의 내용도 쉽게 예를 들면서 이야기를 한 것이 있다. 그러면서 이성이나 지성만으로는 할 수 없는 설명들을 하고 있다. 이 세계는 하느님의 창조에 의해 '거져 주어진 것'으로서 '계시된 진리'에 의해 운영되어 간다는 것이다. 『천주실의』가 문답 형식으로 이 이야기를 이어 간다.

서양 선비 :

집은 저절로 세워질 수 없으며 반드시 목수의 손에 의해 지어진 것입니다. 천지도 스스로 이루어질 수 없으며 창조한 천주가 있음을 알 수 있습니다.

중국 선비 :

그러면 천주는 누가 만들었습니까.

서양 선비 :

천주는 만물의 근원을 뜻하는 것입니다. 누구에 의해 생겨났다면 천주가 아닙니다.

중국 선비 :

천주는 오직 하나라는 이치는 무엇입니까.

서양 선비 :

천하의 사물들은 각기 다르게 번성합니다. 이들의 사이를 조절하고 보호할 하나의 존엄한 존재가 없다면 만물은 흩어지고 파괴될 것입니다. 한 사람에게는 몸이 하나 있고 한 몸에는 머리가 하나만 있습니다. 머리가 둘이 있다면 매우 괴상할 것입니다.

대화를 하는 중국 선비는 대체로 수긍을 하면서도 좀 더 이야기를 듣고 싶어 한다. 이때 서양 선비가 답변으로 들려주는 한 소년에 관한 이야기가 의미심장하다.

서양 선비 :

　개미는 이 세상에서 하나의 미물이지만 그 벌레의 본성에 대해서도 사람들은 다 이해하지 못합니다. 옛날 서양에 아우구스티노라고 하는 한 성인이 있었습니다. 어느 날 그가 바닷가를 거닐며 사색을 하다가 한 어린이를 만났습니다. 그 어린이는 바닷가에 조그만 웅덩이를 만들고 굴 껍질로 바닷물을 떠서 그 웅덩이에 붓고 있었습니다. 성인이 소년에게 말했습니다. "그 작은 굴 껍질로 바닷물을 퍼서 어떻게 그 웅덩이를 채우려 하느냐?" 소년이 대답했습니다. "이 작은 굴 껍질은 저 큰 바닷물을 퍼 담을 수 없고 이 작은 웅덩이는 저 바닷물을 담을 수 없습니다. 그렇듯이 어르신은 왜 마음을 끓이면서 그 큰 천주의 뜻을 굳이 작은 책 속에 담으려고 애를 쓰십니까." 말을 마치고 소년의 모습은 어디론가 사라져 버렸습니다. 아우구스티노 성인은 자신이 천주에 관한 이론을 개괄하고 통달해 책을 한 권 쓰려고 하던 터에, 하느님이 성령을 통해 한 어린이를 보내 충고를 해 주신 것으로 깨닫게 되었다고 합니다.

　위 대화 부분들은 마테오 리치의 저서 『천주실의』에서 발췌하고 축약한 것이다.[6] 마테오 리치가 가톨릭 신앙의 전교 열정에도 불구하고 아우구스티노와 소년에 관한 일화로써, 광대한 진리와 인간의 한계를 제시하였다. 인간의 '한계'에 대한 긍정은 뒷날 마테오 리치 자신에게도 해당될 수 있는 것이며, 가톨릭교회사 자체에도 해당될 수 있다.

　교회사학자 이브 꽁가르가 말하였다. "역사를 배움으로써 절대적인 것과 상대적인 것을 알아내고, 상대적인 것으로 하여금 시대의 필요성에 적응시켜 가면서, 절대적인 것을 보다 충실하게 지킬 수가 있는 것이

6　마테오 리치, 송영배 외역, 『천주실의』, 서울대 출판부, 1999, 50 66면.

다."[7] 인간들의 일이 상대적이고 진리의 차원이 절대적인 것이다. 교회도 인간들이 운영하는 것이므로 상대적 차원에서 오류가 있을 수 있다. 오류는 시정을 하면 된다. 그러나 진리는 절대적 차원에서 영원히 불변한다. 불변하는 진리가 있으므로 상대적 현실 세계의 일은 시정의 방향을 알 수 있고 발전의 길로 갈 수 있다.

이와 같이 영원히 변하지 않는 보편의 진리 안에 함께 있으면서도 당대의 지역 국가인 조선의 천주교회 역사가 시작된다.

---

7 이브 꽁가르, 김몽은 역, 『봉사하는 교회 가난한 교회를 위하여』, 가톨릭출판사, 1973, 4면.

남인 실학파의 사상

1. 광주廣州 실학의 현장

조선조 후기에 경기도 광주는 서울의 남쪽에 이어져 있는 넓은 지역이었다. 남한산성을 비롯해 산이 많은 지역이지만 면적이 넓어 '광주廣州'라는 지명을 얻었다. 이 지역의 한 가지 특성은 조선조 4대 당파의 하나인 남인南人의 고장이었다는 것이다. 성호星湖 이익李瀷·순암順菴 안정복安鼎福·다산茶山 정약용丁若鏞 등 경세제민經世濟民의 실학파 학자들이 이 지역에 살았는데 그들은 모두 남인에 속하는 인물들이었다.

이들 중 실학의 기반을 닦은 이는 성호 이익(1681~1763)이었는데 이때 남인은 정계의 권력층에서 밀려나 청빈한 생활을 하고 있었다. 그러나 그 시대의 풍조는 선비가 가난하더라도 그럴수록 학문에 더욱 정진해야 하는 것으로 되어 있었다. 그러면서 인륜과 의리를 돈독하게 지켜갔다. 광주의 남인 실학자들은 서로 학문을 통해 사제 관계이거나 혼인을 통한 인척 관계를 맺고 있었다.

광주廣州는 1577년(선조 10년)에 부府로 승격되었다. 1871년(고종 8년)에 작성된 『광주부지廣州府誌』가 관내의 행정 실태 기록과 지도를 구비해 규장각에 비치되어 있다. 광주 실학파 세 학자의 생애와 업적을 그들이 산 현장에 연관하여 밝혀볼 수 있다.

연대로 보아 가장 후대에 산 이가 다산 정약용(1762~1836)이다. 다산은 실학사상을 집대성集大成한 인물이다. 동시에 그는 동양의 유교 문화를 지니고 있던 조선에서 중국을 통해 들어온 서양 문화, 즉 서학西學과 정통 그리스도교인 천주교에 관계를 맺은 제1세대에 드는 위치에 있다. 동아시아와 서양이 만나는 경계의 복판에 가장 먼저 들어서 본 사람은 모름지기 세계인의 자격을 얻은 셈이다. 그는 그러한 운명의 사람이다.

정약용은 1762년(영조 38년) 광주부 초부면 마현리(마재 : 지금의 남양주시 조안면 능내리)에서 아버지 정재원과 어머니 해남 윤씨 사이에서 넷째 아들로 태어났다. 아버지 정재원은 진주목사·예천군수 등 지방관으로 전전하다가 중앙 조정의 호조좌랑에 오르기도 하였다. 어차피 권력의 중심부에서는 밀려나 있는 남인으로 한산한 가세였다. 북한강과 남한강이 만나는 두물머리 아래 강변 마을 마재를 생활의 근거로 삼고 있었다.

다산은 어린 일곱 살 때에 공부를 하다가 한 구절 5언시를 썼다.

작은 산이 큰 산을 가렸으니

멀고 가까움이 다르기 때문

[小山蔽大山 遠近地不同][1]

1 송재소, 『다산시선』, 창비, 2013, 554면.

어린 약용의 글재주가 뛰어남을 어른들이 알아보았다. 열여섯 살 때 다산은 서울에 올라가 공부를 하면서 처음으로 성호 이익의 글을 대하고 너무 감복하여 스스로 일생 동안 성호의 제자가 되기로 마음먹었다. 1795년에도 다산은 성호가 남긴 글들을 정리해 읽을 기회를 가졌으며, 또한 이해에 그는 『도산사숙론陶山私淑論』이란 책을 지었다. 성호 이익과 퇴계 이황의 학문을 따르고자 한 것이다.

다산의 정신세계는 혼자서 이룩한 것이 아니다. 선대로부터 물려받아 축적하고 발전시킨 것이다. 다산의 마재 마을 바로 앞을 흐르는 강도 정신의 물길이다. 이 한강의 하류를 끼고 있는 서울에서 역시 남인 학자인 이벽이 마재 마을 정다산 형제들을 방문하는데 그는 다산의 맏형인 정약현의 처남이다. 역시 서울에서 또 한 사람의 젊은 학자 이승훈이 마재를 찾아오는데 그는 정다산 형제들의 매부이다. 이들은 일찍이 서학을 통해 천주교 서적을 많이 읽은 사람들이다. 이들이 마재로 올 때엔 배를 타고 한강을 거슬러 올라온다.

한편 마재 앞 강의 남한강 쪽 상류 양근(지금의 양평)에는 다산의 둘째 형인 약전의 스승으로 권철신이 살고 있다. 그의 아우 권일신도 한 마을에 살고 있다. 이들은 고려 말엽에 정몽주로부터 글을 배워 대문장가가 되었고 사림파의 지조를 지니고 있던 인물 권근의 후손이다. 남인 맥통을 따라 권철신은 광주부 성곶면 첨성리에 있는 성호 이익을 찾아가 글을 배웠다.

성호의 제자로서 두 갈래가 있는데 하나는 권철신 계열로서 서학과 천주교를 받아들였다. 다른 한 제자는 광주부 경안면 덕곡리에 사는 순암 안정복인데 그는 서학과 천주교를 반대하는 입장이다. 그런데 안정복은 딸을 권일신에게 시집보냈다. 사위 권일신은 천주교 신자이다. 다

같이 실학파 선비들인데 성호의 제자 세대에서 천주교를 받아들이는 편과 받아들이지 않는 편으로 갈리게 되었다.

성호 이익은 첫째로 '실학實學'을 주장하였다.

경서經書를 연구하는 것은 세상에 쓰이기 위해서이다. 경서에 있는 내용을 입으로 말하면서도 천하의 온갖 일에 아무런 조처를 하지 못한다면 이는 단지 외우기만 잘하는 것일 뿐이다.[2]

이것이 거짓된 타성을 비판하며 실학을 주장하는 성호의 단적인 표현이다. 이렇게 다만 진실을 추구하므로 성호는 객관적으로 원만하고 정대하려 하였다. 조선조가 체제의 이념으로 내세우는 유교가 불교를 비롯한 다른 사상에 대해서는 '이단'이라고 배척만 하는데 이것은 과연 옳은 일인가. 성호는 이 점에 대해 옳지 않다고 생각하였다. 고려조가 중시하던 불교를 억압하고 조선조는 유교를 숭상한다고 하지만 과연 진리를 추구하는 실천의 모습으로 보아 불교의 승려보다 유생儒生이 훌륭하다고만 볼 수 있는가. 성호는 그렇지 못하다고 생각하였다.

성인의 가르침은 도를 독실히 믿고 배우기를 좋아하며, 도를 사수死守하고 도를 선善히 하는데 있다. 선가禪家의 학문이 우리와 어긋나 도가 그릇된 데 대해서는 차치하고라도, 그들이 존심存心하는 점을 보면 성인의 말씀처럼 매우 독실하다. 그들의 잘못은 치지致知가 온당치 못한 데 불과할 뿐, 성의誠意의 공부는 남는 힘을 조금도 허비하지 않는다. 오늘날 유생들의 학술을 보면, 이런

2 이익, 『성호사설』(誦詩), 한길사, 2002, 387면.

독실함에 이른 적이 있던가?

그 까닭은 무엇인가? 유생들의 마음에 공명功名·사욕 등 허다한 사심이 있기 때문이다. 비유컨대 바른 길이 앞에 있지만 샛길이 모두 사람을 현혹시켜 마음을 전일하지 못하게 한다. 마음이 전일하지 못하기 때문에 성실하지 못하고, 성실하지 못하기 때문에 일이 이루어지지 않는다.

오늘날 유학을 공부하는 자들은 말끝마다 '이단異端'을 배척한다. 그러나 그들 마음에, 유학은 부지할 만하고 불교는 배척할 만하다는 점을 분명히 알고서 그러는 것일까? 알 수 없다. 도를 보는 것이 분명치 못하면 믿는 것이 독실하지 못하게 된다. 나는, 불가에서 스승을 높이듯이 우리의 도를 믿고 지키는 자를 아직까지 보지 못하였다. 이런 식견을 가지고 어떻게 정밀하고 전일한 마음으로 독실히 공부하는 승려들을 배척하겠는가? 우습기도 하고 민망하기도 하다.[3]

성호는 불교를 전적으로 이단시하는 데에 동의하지 않았다. 그는 천주교에 대해서도 마찬가지로 생각하였다. 불교와 천주교가 천당과 지옥을 말하는 데 대해서는 성호가 인정하지 못하지만 그 밖의 진리 추구 내용들에 대해 인정할 것은 인정해야 한다고 말하였다.

그는 제자인 신후담이 천주교 배척의 이론을 강력하게 전개하는 것을 보고 만류하는 충고를 하였다.

윤동규에게서 들어보니 자네는 천주학을 배격함에 온 정력을 다하고 있다는데. …… 천주학은…… 불교도가 세상을 어지럽히고 사람들이 정신을 차

---

3   이익, 『성호사설』(俗儒斥佛), 한길사, 1999, 263면.

리지 못하게 한다는 것과는 다르다. 서양에서 중국까지는 약 8만 리인데, 그들 서양 선교사들은 이 먼 길을 항해해 오면서 조금도 미련을 갖지 않았고, 중국에 도착해서 관직과 작록爵祿도 사양한 채 오직 그들의 도道를 알뜰하게 드러내는 데 힘써 이를 천하에 펴고자 한다. 그들의 도량이 넓고 크며 생각하는 바가 깊고 넓음을 볼 때 충분히 세상의 악착스러운 것을 깨칠 만하다고 나는 생각한다.

사람들은 그들이 멀리 찾아온 것은 거짓된 가르침을 펴 세상을 두루 빠지게 하려는 데 있다고 하지만, 나는 그렇지 않다고 생각한다. 천주학의 천주설天主說에 어두운 자는 놀라겠지만, 경전에 실려 있는 '상제·귀신의 학설[上帝鬼神之說]'로서 본다면 서로 부합되는 바도 있다. 이 점이 중국 학자가 '천주의 학설[天主之說]'을 물리침에 있어 서양 학자에게 끌렸던 까닭인 것이다. 그러므로 자네가 오늘날 천주학을 물리치고 있는 것도 아직 그에 대한 깊은 고찰이 없기 때문이 아닐까 두렵다.

앞에 보인 성호의 충고는 신후담이 직접 들었다고 스스로 저서 『하빈집河濱集』에 게재한 내용이다.[4]

신후담은 당대에 학문이 깊고 저서가 많아 비중이 큰 학자였다. 그는 같은 『하빈집』에서 천주교에 대한 성호의 견해를 더 말하였다. 즉 '불교는 적멸寂滅을 말하지만 서학泰西文學에는 실용적인 데도 있다'고 했다는 것이다. 이 실용적인 것으로는 사회 통치統治의 법도를 논한 것도 있고 천문학과 역법曆法 등 과학적 지식도 있어 세상을 다스리는 데 크게 유익하다고 하였다.[5] 성호 이익은 그의 『성호사설天地門』에서도 말하였다.

---

4   한국교회사연구소, 『한국천주교회사』 1, 한국교회사연구소, 2009, 211면.

"지금 쓰고 있는 시헌력時憲曆 : 태양력에 의거한 것은 서양 사람 탕약망湯若望 : 아담 샬이 만든 것인데 여기서 역법은 극치에 달하였다. 해와 달의 교체 및 일식과 월식이 조금도 틀리지 않다. 동양의 옛 성인들이 다시 태어나 더라도 반드시 이 법을 따를 것이다聖人復生 必從之矣" 하였다. 성호의 실학은 이만큼 과학적인 경지에까지 이르렀다.

성호는 조선의 학자들이 스스로 나서서 천주교를 들여오는 과정에서 대표적인 교리서로 삼은 마테오 리치의 『천주실의』를 평한 글을 통해서도 사회에 큰 영향을 미쳤다.

『천주실의』는 마테오 리치가 저술한 것이다. 마테오는 유럽 사람이다. 유럽은 중국에서 8만 리 이상 떨어져 있다. 두 지역은 천지개벽 이래로 소통된 적이 없다.

그의 학문은 오로지 천주天主를 받드는 것이다. '천주'는 유가儒家에서 말하는 하느님上帝이다.

천당 지옥으로 악을 징계하고 선을 권하며 두루 돌아다니고 교화한 사람이 예수이다.

사람들의 순박함이 점차 흩어지고 성현들의 교화가 멀어지니 욕망을 좇는 일이 나날이 많아졌고 도리에 순응하는 일은 점차 적어지게 되었다. 이에 천주가 크게 자비를 베풀어 직접 세상을 구원하기 위해 동정녀를 어머니로 택하고 유태 나라에서 태어났다.

몸소 교리를 세워 33년간 널리 교화를 베풀고 다시 하늘로 올라갔다. 그의 가르침은 마침내 유럽의 여러 나라에까지 퍼졌다.

---

5   윤사순, 『한국유학사』 상, 지식산업사, 2012, 531면.

지금 중국의 면적은 아세아 중에 10분의 1이고 유태 나라는 또한 아세아 서쪽의 변방에 있는 나라이다. 중국 조정에서 마테오 리치에게 관직을 주어도 받지 않았다.

그가 위로 하늘을 관찰하고 아래로 땅을 살펴서 추리하고 계산하여 달력을 만들었던 신묘한 방법은 그 당시 중국에는 아직 없었던 것이다.

그는 소통이 두절된 이역에서 망망한 바다를 건너와서 중국의 지식인들과 교유하였다. 이들 지식인 사대부들에 옷깃을 여미고 존경하면서 그를 선생이라 부르지 않는 이가 없었으며 감히 그에게 대항하지 못했으니, 그는 뛰어난 인물이었음이 분명하다.[6]

18세기 후반 이래 천주교를 둘러싸고 광주廣州를 중심으로 한 경기 일원뿐 아니라 서울과 지역에서까지 큰 분란이 일어났다. 이것은 조선 사회의 정신사적 단계가 그와 같은 사회 동향을 초래할 당위성을 내포하고 있었기 때문이다. 유교를 나라의 중심 이념으로 내세우며 성리학性理學이라는 유가 사상을 말하고 있으나, 많은 경우에 이 이론들은 양반 계급 4색 당파의 정권 쟁탈전에 잘못 이용되고 있었다.

이러한 때에 중국을 통해 들어오는 여러 가지 서학서西學書들이 지식층과 사회 대중에게 새로운 세계관을 일깨우며 큰 충격을 주었다. 첫째로 이 세계는 중국 혼자서 지배하는 것이 아니라는 것이다. 중국은 면적으로도 아시아의 10분의 1일 뿐이고 더 멀리 8만 리 밖에 유럽이라는 다른 큰 지역이 있다는 것이다. 과학적으로 보아도 가령 천문학 지식은 유럽이 가장 앞서 있고 두 번째가 아랍 지역이며 중국은 세 번째이다. 사회

---

6   마테오 리치, 송영배 외역, 『천주실의』, 서울대 출판부, 2001, 439~442면.

생활 속의 계급으로 보더라도 서학 계통인 천주교는 양반이 중인中人: 평민과 동석해 '교우敎友'라고 부르며 인간 평등을 실현하고 있다.

무엇보다도 사상적으로 서학이 들려주는 '3혼설三魂說'이라는 것이 있다. '식물에겐 생혼生魂이 있고 동물에겐 각혼覺魂이 있는데 인간에겐 각혼과 더불어 영혼靈魂이 있다'는 것이다.

영혼은 몸이나 감각에 얽매어 있지 않고 초월할 수 있는 자유의 정신이며, 따라서 인간의 몸이 죽어도 영혼은 가치를 동반하며 영원히 산다는 것이다. 그리고 이 모든 원리를 섭리하는 창조주로 하느님天主이 있다는 것이다.

어차피 평생을 굶주리고 고생만 하며 죽지 못해 사는 백성이라면 인간다운 자존의 영혼을 갖는 것이 '구원'이다.

사회 대중의 이러한 정황 속에서 천주교 전래 초기부터 박해를 받은 교인들의 수는 산골짜기로 숨으면서도 계속 증대되었다. 그 박해기의 천주교 교세에 대해 홍낙안이 당시의 채제공 좌의정에게 보낸 편지 내용이 이만채 편 『벽위편闢衛編』에 다음과 같이 실려 있다.

지금 서울에서부터 말하자면 친구 사이나 벼슬하는 선비들 사이에 물들은 자가 많고, 다른 동네의 잘못 빠져든 소년들에게도 차차로 뻗어 나가고 있다 합니다. 더욱이 총명하고 재주 있는 선비가 십중팔구이며, 나머지 얼마 안 되는 자들은 주견 없이 취한 듯 미친 듯 떠들며 따른다고 합니다.

옛날에는 나라의 금령을 두려워하고 꺼려 남모르는 곳에 모여들었다고 하는데 지금은 백주白晝에 횡행하면서 버젓이 전파하고, 옛날에는 깨알 같은 잔글씨로 베껴서 열 겹이나 싸 가지고 행장 속에 간수하던 것을 지금은 책으로 간행하여 서울과 시골에 반포하고 있습니다. 그 중에 천하고 무식한 자와 쉽게 유혹되는 부녀자와 아이들은 한 번 이 말을 듣기만 하면 목숨을 바쳐 뛰어들어가 이 세상의 사생死生을 버리고 만겁萬劫의 천당과 지옥을 마음에 달게 여기며, 한번 들어간 뒤에는 미혹됨을 풀길이 없다고 합니다. 경기·충청 지방에서는 더욱이 하늘에 망網이 가득 퍼져 있는 듯하여 마을마을마다 한 사람도 벗어나 있는 사람이 없어서 지금은 착수하려고 해도 헌 소쿠리로 소금을 건져 맛보는 것과 다름이 없습니다.[7]

성호의 제자로서 순암 안정복도 『서학변西學辨』이란 책까지 쓰며 천주교를 반대하였다. 순암이 천주교를 반대한 이유는 유학을 참된 학문으로 믿으며, 다만 정대하게 도리를 탐구할 것이지 어찌 천당의 복락을 조건으로 전제하느냐는 것이었다. 역시 천당과 지옥에 관한 천주교의 교리가 이단이라는 것이었다.

이 견해에 추가된 더 실제적인 이유는 치열한 당파싸움 속에서 남인 세력이 더욱 심하게 박해를 받을 것이라는 우려였다. 자신의 사위인 권일신의 형이며 천주교 신앙운동의 지도자인 권철신에게 순암은 이 우려를 담은 편지를 썼다.

서양에서 일찍이 천주학을 금하고 잡아 죽이기를 천만 인에 그치지 않았으나 끝내 능히 금지시킬 수 없었고, 일본도 역시 천주학을 금하여 수만 명을 잡아 죽였다 한다. 그러니 어찌 우리나라만이 무사할 것이라고 할 수 있겠는가. 하물며 당쟁이 벌어져 피차간에 틈을 엿보며 좋은 일은 덮어 두고 좋지 못한

---

7   금장태·진순옥 외, 『순암 안정복의 서학인식과 교육사상』, 성균관대 출판부, 2012, 64~65면; 이만채, 『벽위편』.

일은 드러내는 때에, 혹 일망타진할 계책을 꾸미는 사람이 있다면 패가망신하여 이름을 더럽히는 일이 생겨날 때 천주가 능히 구해줄 수 있을 것인가. 천당의 즐거움이 미치지 않았는데 현세에서의 앙화가 미쳐올까 두려우니 삼가지 않아도 될 것인가, 두려워하지 않아도 될 것인가.[8]

순암 안정복의 이 비근하고 현세적인 우려에도 불구하고 권철신 집안과 정약용 집안의 형제들은 한강의 뱃길로 서울에 왕래하며 『천주실의』의 3혼설 중 '영혼'의 가치에 대해 무심해지지 못한다.

그러나 천주교 신앙에 동참하지 않은 남인 실학자들의 삶은 어떠했는가. 그들이 지닌 원래의 정신적 토대는 유학儒學이다. 이들은 인격의 완성을 위해 끊임없이 공부를 하는 것을 의무로 생각한다.

"배우기에 싫증을 내지 않는다면 이 밖에 내게 더 무엇이 필요하겠는가."(「술이」편) "하늘을 원망하지 않고 사람을 탓하지 않으며 아래로부터 배워서 높은 데에 이르렀으니 이러한 나를 다만 하늘이 안다."(「헌문」편) "사람의 나이가 오십이면 천명天命을 안다."(「위정」편) 『논어』에 있는 공자의 말씀들로서 유학을 공부하는 이들의 기본적인 자세이다.

하느님이 세상을 창조했다고 하는 계시종교로서 천주교가 하느님과 천당에 관해 말하는 것과 다르게, 유교는 분명한 개념으로 '하늘'에 관해 말하지는 않는다. 그러나 천명天命 또는 천天이라는 표현을 적지 않게 쓰고 있다. 이것은 궁극적 질서를 지향하는 '도덕성'을 뜻하는 것이다. 그리고 그 도덕성에 이르는 과정으로서 인간다운 인격의 완성도 강조되고 있다.

<hr>

8　남장태 · 진순옥 외, 위의 책, 120면.

천주교(그리스도교)와 유교는 이 도덕성과 인간다운 인격의 완성을 지향하는 데서는 일치하고 있다. 다만 제자인 계로季路가 사람의 '죽음'에 대해 질문한 데 대해 공자는 "삶에 대해서도 모르겠는데 죽음에 대해서 어찌 알겠는가?(未知生 焉知死)"(「선진」편) 하였다. 결정론을 삼가고 유보하는 이 여유로 인해 유교가 보다 폭넓게 대화의 대상이 될 수도 있다.

그러므로 조선의 천주교는 서학西學과 천주교 자체 안에서 만족하기보다 그리스도교 신앙에 동참하지 않거나 예수와 하느님을 모르는 어떤 지역사회 전통문화와도 만나야 한다. 만나서 소통하고 감당하고 '우리의 만남은 서로를 풍요하게 한다'는 인식을 가질 수 있어야 신앙의 토착적 육화肉化가 가능하다.

이러한 뜻에서 남인 실학파 당대의 구체적 형세와 거기에서도 더 앞시대로 소급해 사림파士林派의 정신사까지 참조하게 된다.

광주廣州 실학의 현장 안에서 다산의 마재 마을은 앞에서 간략히 언급되었고, 「정다산의 신앙과 문학」을 별도로 다음 장에 설치한다. 이 대목에서는 순암 안정복을 거쳐 성호 이익에게로 간다.

광주 실학의 고장에서는 경안읍 중대리가 한 복판에 위치한다. 이 마을 안쪽에 순암이 살았던 집과 후진들을 가르친 서당이었던 이택재麗澤齋가 있다.

'이택'은 순암이 스승 이익의 저서 『성호사설』에서 따온 말이다. '벗이 만나 서로 북돋운다'는 붕우이택朋友麗澤에서 딴 것이다. 이 대목에서 성호가 원래 한 말은 벗이 만나 서로 돕는 것도 좋지만 '편지를 주고받는 것이 공부하는 데에는 더 정확하고 유용한 것으로 남는다'는 것이었다. 좀 장황하니까 순암은 우선 '만난다'는 것을 취하였다. 그만큼 순암은 또 고독하기도 하였다. 우선 사람들을 만나고 싶었다. 『성호사설』의 '편지

쓰기' 이야기는 광주 실학의 성립 과정에서 중요한 의미를 띠고 있다. 광주 실학을 통괄하는 스승인 성호 이익은 '공부를 하려면 쉬지 않고 미친 듯이 해야 한다'는 뜻을 글로 썼다. '학문을 할 때엔 연속적으로 공부를 하는 것이 중요하다. 한번 그 맥이 끊어지면 정신이 새어 나가고 성의가 흩어져 버리니 어떻게 깊은 뜻을 간직하고 문제를 꿰뚫어 볼 수 있겠는 가. 벗들이 서로 북돋아 주는 데엔 함께 모여 토론을 하는 것도 좋다. 그 러나 일찍이 퇴계 선생은 말씀하셨다. 말이란 하기는 쉬우나 흔적이 남 지 않는다. 차라리 신중한 생각을 글로 써서 편지로 주고받으면 문제를 풀 수도 있고 자주 만나지 못하는 공백을 메울 수도 있다"는 것이다.

바로 이러한 생각으로 퇴계 이황은 경상도에 살면서 전라도에 사는 젊은 후배 기대승과 성리학에 관한 토론의 편지를 8년 동안 주고받았다. 성호는 생각의 폭이 넓고 근면하여 앞 세대 학자인 퇴계·율곡과 반계 유형원의 학문 내용을 다 소화해 가지고 제자인 순암 안정복에게 전해 주었다.

안정복도 공부를 좋아하는 데엔 타고난 체질을 지니고 있었다.

화가 나다가도 글만 읽으면 좋고

병이 났다가도 글 읽기만 하면 나아

이것이 내 운명이라 믿고

앞에 가득 가로 세로 책을 쌓아 놓았지.

그 때 이 책을 쓴 이들은

성인 아니면 현인들이니

책을 펴 볼 것까지도 없이

그냥 만지기만 해도 기쁘다네.

몇 해를 이렇게 읽고 나니

책은 백 권 천 권도 넘고

가슴 속에 무엇이 있는 것처럼

구물구물 자꾸 나오려고 해

어디 글 한 번 써보자 하고

밤에 잠도 잊고 엮어 본다네.

집안 식구나 친구들이야

미치광이로 볼는지 모르지만

제 보물은 그저 제가 좋아하는 것.

—「저서농」[9]

끼니를 잇기도 어려울 정도로 매우 가난했지만 순암 안정복은 오직 공부하는 즐거움으로 세상을 살아갈 수 있었다. 18세기 정치적 당쟁의 시대에 권세를 잃은 남인 계열 사람들은 때로 정처 없는 나그네의 삶을 살아갔다. 순암의 집안이 그러하였다. 그런 중에도 3대쯤의 가솔이 한 집에 사는 것이 보통이니 경제적 어려움은 그만큼 더 컸다.

순암 안정복은 나이 15세 때에 조부 안서우安瑞羽가 울산부사 자리에서 물러나니 온 가족이 함께 전라도 무안으로 가서 살게 되었다. 그곳에서 순암은 10년 동안 조부로부터 글을 배웠다. 1735년에 조부가 별세하자 순암은 24세의 나이로 부친 안극安極을 따라 문중의 선영이 있는 광주 텃골(중대리)로 이사하였다. 이 마을에서 순암은 한편으로 부친의 농사를 거들면서 독학으로 공부를 하였다.

---

9   김시업, 『순암 안정복』, 광주문화원, 1996, 46면.

비록 독학이었다고 하지만 순암은 조부 밑에서 10년을 공부할 때 좋은 기반을 닦았다. 그리하여 26세 때에 명나라 호광胡廣의 저서『성리대전』과 송나라 진서산眞西山의 저서『심경心經』을 읽었다. 27세에는 스스로『임관정요臨官政要』라는 책을 지었는데 이것은 정치·군사·재정·법률·풍속을 비롯해 21편의 내용으로 된 것이었다.

29세에는『하학지남下學指南』이란 책을 지었다. 학문에 지망하는 자세, 길재·김굉필·조광조·이이 등의 일상 행실에 관한 내용이 상권이고, 예의·대인 관계 등 인격 수양에 관한 내용이 하권이었다. 30세에는『내범內範』이란 책도 지었다. 이렇게 혼자서 비범한 노력을 하다가 35세가 된 1746년 10월 16일에 순암 안정복은 마침내 성호 이익을 방문하려고 텃골에서 출발하였다.

성호가 사는 첨성리는 광주부 성곶면聲串面에 속한 마을이다. 이 마을을 다른 이름으로는 '일동리'라고도 하였다. 1744년(영조 20년)의 준호구에 성호가 산 마을이 '성곶면 일동리'라고 되어 있다. 성호의 둘째 형님인 이잠李潛의 장남 이병휴李秉休는 어려서부터 성호 밑에서 공부를 한 사람인데 그가 쓴『가장家狀』과『정산잡저貞山雜著』에서 "작은 아버지 성호가 광주 첨성리에서 살았다"고 적어 놓았다. 지금 안산에 편입된 성호의 묘소 소재지가 '일동'이며 사당은 첨성사瞻星祠로 되어 있다. 첨성리가 곧 일동이었다는 증거가 된다.

순암의 마을 텃골에서 성호의 마을 첨성리는 직선거리로는 70리쯤 된다. 그러나 시골 산길이 이리 저리 돌게 되어 있고 순암 자신은 가난과 병고로 몸이 허약해 있었다. 그는 출발한 그 이튿날에야 첨성리에 도착하였다. 순암을 맞이한 성호는 일찍이 순암의 증조부 안신행安信行을 만난 일이 있고 안씨 집안에 대해 알고 있다고 하였다.

저는 나이가 거의 40이 되었습니다만 학문의 방법을 모르고 있습니다. 선생께서 학문의 길을 가르치시는 곳이 멀지 않은 곳에 있음을 알면서도 정성이 부족해 10년 동안 홀로 사모하고 우러러보다가 이제야 비로소 찾아뵙게 되었습니다.

이것이 성호를 처음으로 대면하는 순암의 인사말이다. 이날 순암이 묻고 성호가 대답하는 형식으로 대화가 시작되었는데 온갖 고전에 대한 담론이 밤을 새우고 거의 새벽이 될 때까지 계속되었다. 끝으로 순암이 학문의 방법 자체에 대해 물었다. 성호는 '스스로 자기답게 터득하는 것[然學貴自得]'의 중요성에 대해 들려주었다. 고전을 답습해 얽매이기만 하는 데엔 생생한 보람이 부족하다는 뜻이다.

이 '스스로 터득하는 것'의 강조야말로 광주 실학實學의 동기가 된다고 할 수 있다. 끊임없이 변하는 시대와 사회에 대응하여 쓸모를 발휘하는 학문이 필요하다는 것이다. 실학에 관해 말하자면 순암도 성호를 방문하기 이전인 33세 때에 반계 유형원의 고손자인 유발柳發로부터『반계수록』을 빌려서 읽고 감명을 받은 바 있다. 이렇게 하여 성호와 순암의 실학사상 맥락은 스승과 제자로서의 결연에 힘입어 한껏 발전하게 된다.

중대리 순암의 이택재엔 이제 정적만이 감돈다. 보다 순암을 실감할 장소는 그의 묘소이다. 이택재에서 불과 20미터쯤 마을 안쪽을 향해 더 올라가면 광주 안씨의 선산이 있다. 그런데 순암의 묘소는 특별히 영장산靈長山의 높은 중턱에 위치해 있다.

묘소로 오르는 돌계단 개수가 무려 314개나 된다. 순암의 묘소 자리를 왜 이렇게 높은 데로 정했을까. 묘소의 전망은 서남쪽을 향해 있다. 스승인 성호 이익의 첨성리를 향해 트인 전망이다. 그 전망의 공간 안에서 경기도 광주 특유의 뭉싯한 산세들이 중첩해 늘어서 있다. 이 지형,

이 공간의 의미를 헤아려 보는 데에 순암 묘소 방문의 목적이 있다.

역시 남인 계열이면서 성호보다도 더 선대인 반계 유형원과 성호 이익의 실학사상과 역사의식을 이어받아 순암은 우리나라 최초의 통사적 민족사 저술로서 『동사강목東史綱目』을 완성하였다. 단군조선·마한·통일신라·고려에 이르는 민족 주체의 이 역사책이 이루어지지 못했으면 우리 겨레의 체통이 어떻게 될 뻔했나.

국가 단위사인 『고려사』, 중국에 대한 사대적 색채가 지적되는 『삼국사기』 등이 있으나 그 앞 단계 민족사의 밑둥 부분은 아예 없었다. 중국 사마천의 『사기史記』와 반고의 『한서漢書』에 나오는 「조선전」이나 보고 있어야 하지 않았는가.

"우리나라 사람들은 자신의 땅에서 살고 있으면서도 자신들의 일에 대해 알지를 못하고 있으니, 그 성의 없음이 민망하고 개탄스럽습니다[身居此土 不知其事 誠可憫歎]." 순암이 스승 성호에게 보낸 편지 글이다. 그리하여 순암은 병고와 가난에 시달리면서도 1759년에 마침내 『동사강목』을 완성하였다.

순암이 벼슬을 하기 위해 과거를 본 적은 없다. 그러나 그의 높은 학식이 세상에 알려져 1754년(영조 30년)에 사헌부 감찰 자리가 주어졌는데 반년 후에 부친이 별세하니 상을 치르기 위해 광주 텃골에 돌아오고 벼슬자리도 사퇴하였다. 1772년에는 순암이 회갑을 맞이했는데 조정의 중신이던 채제공이 천거하여 왕세손(뒷날의 정조)에게 글을 가르치는 사부가 되었다. 1776년에는 목천木川 현감이 되어 한 지역사회를 대상으로 이상적인 정치를 펼쳐 보기도 하였다.

그러나 순암 안정복은 다른 무엇보다도 민족사학民族史學 최초의 수립지이다. 단재 신채호가 그의 저서 『조선상고사』 서문에 기록하기를 "순

암 안정복이 우리나라 최초의 역사 전문가"라고 하였다. 단재가 독립운
동을 위해 중국으로 망명할 때 그의 봇짐 속에 단 한 권의 책이 있었다.
그것이 순암의 『동사강목』이었다.

지금 이 높은 영장산 중턱에 누워 순암은 영원히 스승 성호의 마을 쪽
을 바라보고 있다. 광주학파의 흐름이 솟아 이어져 오는 산야를 바라보
고 있다.

2. 정신사의 흐름

성호 이익은 한 시대에만 산 사람이 아니다. 그는 퇴계 이황·율곡 이
이·반계 유형원의 학문을 모두 이어받고자 하였다. 또 국내의 학문만
익힌 것이 아니고 중국의 고전들도 다 읽었으며 더 나아가서는 서양에
대해서도 연구하였다.

성호의 부친 이하진李夏鎭은 진주목사를 지냈지만 1680년에 남인 계
열이 정치권력을 잃을 때에 평안도 운산으로 귀양을 갔다. 성호는 부친
의 유배지에서 출생하였다. 그가 두 살 때에 부친이 병으로 세상을 떠나
니 모친이 가족을 이끌고 문중 선산이 있는 광주 첨성리로 와서 살게 되
었다. 불우한 가문의 형세 때문에 성호는 처음부터 관계에 진출할 생각
을 하지 않고 집에 들어앉아 책만 읽었다. 벼슬을 해서 출세하지는 않더
라도 당시 양반의 자제는 자신의 인격 양성을 위해 공부를 하는 것이 정
해진 원칙이었다.

성호의 집에도 책은 많았다. 특히 부친 이하진이 1678년 중국 연경에 사신으로 갔다가 돌아올 때 방대한 양의 책들을 구입해 가져온 일이 있다. 그 시절에는 중국에 다녀오는 사신과 그 일행이 책을 많이 사 오는 것이 유행이었다. 서울에는 책장사를 하는 이들이 많았고 이들은 한강 송파 나루를 건너 멀리 전라도에까지 책을 팔러 다녔다. 한강 나루에서 가장 가까운 경기도 광주 지역에 사는 남인 학자들은 벼슬길도 순탄하지 않고 할 일은 책을 읽는 것인데, 책을 구하기에는 수월한 지리적 여건에 있었다.

성호는 한 세기를 앞선 시대에 산 퇴계 이황을 존경하였다. 남인南人 계열의 시초도 퇴계의 제자인 우성전과 류성룡이었다. 우성전의 집이 서울 남산 아래에 있어 '남인'이라 불렸다. 아울러 성호는 퇴계와 같은 시대에 산 남명 조식을 흠모하기도 하였다. 그는 『성호사설』(동방인문)에서 퇴계와 남명에 이르러 우리나라 문명이 절정을 이루었다고 하였다. 성호는 1709년 29세 때에 퇴계의 체취와 발자취가 배어 있는 도산서원과 청량산을 찾아가 거닐고 돌아왔다.

순암 안정복이 찾아와 제자로 삼아 달라고 했을 때 먼저 공부를 시킨 것이 퇴계의 글들을 다 읽고 그 안에서 주요한 대목들을 간추려 묶어 보라는 것이었다. 자신이 이미 간추려 놓은 퇴계의 글 목록들도 순암에게 넘겨주었다. 그렇게 해서 순암이 엮어낸 것이 『이자수어李子粹語』라는 책이다. 성호는 남명의 시 한 편을 들어 감탄하였다.

청컨대, 천석들이 종을 보게나

크게 치지 않으면 소리가 안 난다네.

만고에 우뚝한 천왕봉은,

하늘이 울어도 울지 않는다네.[10]

성호는 남명의 은둔이 속 깊은 마음의 힘을 지녀 어떠한 경우에도 흔들림이 없다고 찬탄하였다.

성호는 퇴계의 지식에 틀린 부분이 있음을 지적하기도 하였다. 중국의 고사에 대해 언급하면서 퇴계가 사람의 이름들을 틀리게 쓴 데가 있다는 것이다. 그러나 성호는 다시 퇴계에 대해 변호를 한다. "퇴계 선생은 남의 눈치를 보지 않고 정통의 학문만 하면서 잡서를 보지 않았기 때문이다. 사람이 어찌 모든 일에 대해 다 알겠는가. 주자도 모르는 것을 남에게 물은 일이 있다. 학문은 근본을 추구하는 것이 중요하고, 해박하지 않은 것이 흠이 되지는 않는다."

성호가 이처럼 자상하게 퇴계를 변호했으나 이 말 속에 자신은 퇴계와 달리 잡학雜學까지도 했다는 뜻이 담겨 있다. 다른 말로 하면 성호 자신은 퇴계보다도 아는 것의 폭이 더 넓다는 뜻이 된다. 이것은 성호의 오만이라기보다 학문하는 방법에 있어서 그가 강조하는 '자기다운 체득自得'을 말하는 것이다.

이러한 생각 때문에 성호는 퇴계가 많이 언급한 주자의 성리학과 이른바 '사단칠정론四端七情論'은 원래 긴요한 것이 아니라고 순암 안정복에게 말하였다. 다만 공자 생시의 진리탐구洙泗學에다 실학實學을 겸하는 것이 필요하다고 하였다.

성호가 겸손으로 말한 자신의 '잡학'도 실학에 연관되는 것이다. 끊임없이 변하고 있는 사회 현실 속에는 온갖 일이 널려 있기 때문이다. "성인이 법도를 세운 데에는 근원적인 뜻이 있다. 결국 같은 근원으로 돌아가지만 경유하는 길은 다를 수 있다. 시문은 비유로 깨우쳐서 스스로 터득

10 이익, 최석기 역, 『성호사설』, 한길사, 1999, 520면.

하게 한다. 그리하여 따뜻하고 부드럽고 두텁고 넉넉한 마음이 중요하다고 하는 것이다[溫柔敦厚]. 시대가 같지 않고 일에도 다른 점이 있어 한결같은 판단만 하고 있을 수 없다. 그런데 옛것만 고수할 수가 있는가.”

성호는 이렇게 변하는 현실을 일깨울 뿐 아니라 '실천'의 필요성에 대해서도 말한다. “학자가 시를 읽어 외우기만 하고 예를 행해 겸손하기만 할 뿐 나라의 정사에 대해서는 깜깜하다면 이것은 잘못된 일이다.” 성호의 이 말은 현실 참여적 실천의 중요성을 강조한 것이다.

그리하여 성호 이익은 율곡 이이와 반계 유형원의 지성이 늘 사회 현실의 개혁과 실천에 연결되고 있는 것에 공감하고 그들의 본을 받기를 후진들에게 전하였다. 이것이 조선 실학의 첫 단계이다.

가옥이 오래되고 낡아 무너지게 되었는데 서투른 목수에게 고치게 한다면 제대로 고치기도 전에 오히려 무너질 우려가 있다.

근세에 율곡 이이가 나라를 개혁해야 한다는 말을 많이 하였다. 듣는 이들이 별로 찬성은 하지 않지만 율곡의 견해가 원래 명쾌하고 절실하므로 십중팔구는 시행되었다.

현실에 맞는 일을 아는 이로서 율곡이 으뜸이라 할 만하다. 그러함에도 불구하고 애석한 일은 결국 그의 인물됨을 존경하면서 그의 이론의 핵심은 자꾸 지나쳐 버리는 이들이 많다. 따라서 나라의 폐단을 고치려는 일은 추진되지 못하고 묻혀 버린다.

반계 유형원은 더 큰 뜻을 지니고 있었다. 수많은 폐단을 한 번에 씻어 버리고 토지도 백성에게 나누어 주라고 주장하였다. 그 뜻은 좋지만 역시 시행되기는 어려웠다. 그 밖에도 반계는 다른 여러 가지 계획을 가지고 있었다. 비록 이러한 계획들이 당대에 시행되지는 못하더라도 뒷날에는 법으로 정해 시행될 것이며, 그는 길이 스승으로 존경을 받게 될 것이다.

—『성호전집』 권30

이처럼 퇴계와 남명뿐 아니라 율곡과 반계를 존경하고 그들의 사상과 실천을 후학들에 전달해 주려고 애를 쓴 때문에 성호는 조선조 실학의 창도자가 되었다.

83세까지 산 성호의 일생 연보年譜를 보면 그가 한 일의 대부분이 제자인 누구누구에게 편지 답장을 쓴 것으로 채워져 있다. 이것도 그가 학문을 하는 방법이었다.

더러 제자들이 직접 성호를 방문하면 예사롭지 않은 장면이 전개된다. 비록 밤을 새며 이야기는 하더라도 식사 때가 되면 밥상에 반찬이 너무 없다. 순암 안정복이 방문한 첫날에도 반찬은 소금뿐일 정도였다. 성호는 웃으면서 순암에게 말하였다. '사정이 이러하니 어떤 방문객은 아예 먹을 것을 싸서 들고 온다'는 것이었다.

그러나 방문하는 제자들도 마찬가지로 가난하였다. 수제자인 윤동규도 끼니를 잇기가 어려웠고 조카이며 제자인 이병휴도 성호에게 빌붙어 있는 처지였다. 70리 밖 텃골에서 어렵사리 방문한 안정복도 22명 가솔이 한집에서 연명을 위해 전전긍긍해야 하는 상황이었다.

그러나 성호의 제자들 중에서 박해받는 천주교에 관계가 없는 계열이 영남 쪽으로 진출하였다. 순암의 제자 허전許傳이 1864년 김해金海 도호부사로 부임해 영남 성호학파를 형성하고 이들에 의해 성호와 순암의 방대한 저서들이 전집 체재로 밀양의 장판각에서 목판본으로 간행되어 후세에 잘 전해졌다. 이것은 민족 문화사의 자산 보존에 큰 공헌이 되었다.

문화는 역사 안에서 이어져 나아가야 가치가 있다. 성호학파의 근기

지역 남인 실학은 한편으로 서학과 천주교에 융합이 되었는데, 이 단계도 성호가 원래 퇴계학파에 맥을 잇고 있었던 대로 역사 안에서 이어지고 있어야 가치와 생명이 있다.

한국 천주교와 천주교문학도 민족의 문화사 안에서 맥락을 가져야 한다. 2013년 도산서원과 퇴계학연구원이 주최하는 '퇴계학술상'의 수상 이유가 밝혀져 있다. 수상자 이광호 교수의 업적을 가리키는 것으로서 "영남의 퇴계학풍이 근기지역 성호 이익과 다산 정약용 등 근기지역 남인 유학자들의 새로운 학풍으로 계승되는 양상을 학술적으로 규명했다"는 것이다. 아울러 수상자는 "18세기에 조선 실학이 서학에 개방적일 수 있었던 데에도 퇴계학풍이 기여한 바 있다"고 하였다.

퇴계는 조선 근대 정신사의 대표적 인물로서 학덕과 인격으로 모범이 되었다. 그는 30대 초에 문과에 급제한 후 벼슬길에 올랐으나 원래 유교의 관례가 학문을 닦은 후 나라에 이바지해야 한다는 때문이었다. 그는 관직에 뜻을 두기보다 학문의 길에 애착이 있어 기회가 있을 때마다 고향에 돌아가고자 사의를 표하였다.

안동부사 자리를 권고 받았으나 고향 지역에서 관직에 앉는 것도 피해, 한직으로 충청도 단양군수가 되었다. 바로 그 해 1548년 그의 나이 48세 때였는데 친형인 이해李瀣, 호 溫溪가 충청도 관찰사가 되어 부임하니 한 지역에서 형의 그늘 아래 있는 듯한 입장을 거북하게 여겼다. 그는 단양 군수 부임 9개월 만에 경상도 풍기 군수를 지망해 옮겨갔다.

풍기에서 소수서원을 짓는 일을 돕다가 서원이 완성되자 관직을 벗어나 고향 안동에 돌아갔다. 그 뒤에도 선조 임금이 여러 차례 관직에 임명했으나 거의 응하지 않았다. 1567년 명나라 황제의 칙사로 온 허국許國을 접대하는 일로 상경해 만났다. 허국이 조선의 학자들에 대해 질문을

하자 퇴계가 답변하였다. 고려 말엽의 정몽주와 조선의 김굉필과 조광
조 등이 있다고 하였다.

퇴계가 제시한 이 학자들은 모두 정대한 지조를 지키다가 사화士禍를
입어 희생된 인물들이다. 퇴계가 성리학을 연구했지만 관념적 사상에 빠
진 것이 아니고 백성을 위한 지행합일知行合一의 정신을 지향한 것이다.

퇴계가 일찍이 나이 어린 임금 선조에게 『성학십도설聖學十圖說』을 강
의한 내용은 불변하는 하늘의 진리와 사람에 대한 공경의 마음이었다.
자기보다 27세 연하인 후진 기대승奇大升이 성리학의 이기론理氣論 관계
로 이견을 제시해 왔는데 퇴계는 동료 학자를 대하듯 예의를 갖춘 편지
로 8년 동안 학구적 대화를 계속하였다. 이처럼 겸허한 공경의 정신은
바로 개방된 심성이다.

퇴계가 임금에게 『성학십도』를 강의하는 일로 일시 서울에 와 머물다
가 1569년 3월 4일 마지막으로 유숙하던 동호당東湖堂에 환송하는 선비
수백 명이 모여 왔다. 다음 날 퇴계가 봉은사로 향해 한강을 건너가는 뱃
머리에 기대승이 따라와 뱃전을 떠나지 못하며 시를 지었다.

　　한강 물은 도도히 만고에 흐르는데

　　선생이 떠나심을 어찌 붙잡으랴

　　모래밭 뱃머리에 머뭇거리며

　　이별하는 시름 무게 만 섬이런가

―기대승, 「봉별 퇴계 선생」

1530년(선조 3년) 12월 4일, 퇴계가 집안 조카 영甯에게 남긴 유언으로
서, '내 묘소 비석은 장고 키만 한 작은 것을 쓰고 비문에 '도산에 돌아와

만년에 은둔했다退陶晩隱'는 말을 넣으라'고 하였다. 그리고 8일 저녁에 그는 타계하였다.

뒷날 남명 조식은 퇴계가 자신의 비문에 '은둔'이란 말을 넣으라고 했다는 말을 듣고 '온갖 벼슬을 다 한 사람이 은둔했다고 할 자격이 있느냐고 말했다 한다. 남명에 대해서도 퇴계는 나라 일에 참여하라는 권고를 몇 번이나 하였다. 그러나 남명이야말로 고사하고 은둔을 지켰다. 그러나 막상 임진왜란이 일어나자 남명의 제자들은 곽재우를 비롯해 모두 의병으로 나섰다.

퇴계의 수제자급에서도 김성일이 의병으로 나갔고, 류성룡은 일찍이 퇴계의 지도에 따라 서울로 가서 왕실의 하성군河城君을 사귀었고 그가 선조로 즉위한 후 이조판서·영의정 등을 지내며 일생 동안 선조 임금을 도왔다. 그 과정에서 서애 류성룡은 이순신을 발탁해 전라좌도 수군절도사가 되게 했고, 몇 차례의 음해 속에서도 이순신을 옹호하였다. 그 결과로 이순신이 일본 수군을 상대로 23전 23승의 전과를 세워 나라를 구하였다.

결국 퇴계 만년의 은둔은 현실 도피가 아니었고 나라를 위한 경륜을 다 발휘하면서도 순수한 인격적 기품을 견지한 것이다. 특히 퇴계는 소수서원 앞 냇가 바위에 큰 글씨로 '경敬' 자를 새겨 놓은 것처럼 인간 개개인에게 보인 겸양의 심성이 후대의 성호 이익에까지 영향을 주었다.

성호는 불교에 대해 편벽되게 이단시하는 유학자들이 옳지 않다고 비판하였다. 남인 실학파의 제자 신후담이 천주교를 배격하는 데 대해서도 성호가 '편벽되다'고 책망한 것은 퇴계의 개방적 정신을 이어받은 결과였다.

정다산의 삶과 문학

1. 역경과 신앙

다산 정약용은 퇴계 이황과 성호 이익의 학문을 이어받았고, 조선 후
기부터 중국을 통해 알게 된 서양 문명까지 헤아리며 더욱 큰 정신사적
위치에 있던 인물이다. 이러한 다산이 종교적으로 천주교에 관계를 맺
은 사실은 조선의 전통 사상과 인류사의 보편적 가치관을 아울러 생각
하게 하는 새로운 상황이다.

정다산은 1784년(정조 8년) 서울 수표교 근처에 있던 이벽의 집에서 요
한이란 세례명으로 영세領洗를 해 천주교 신자가 된 것이 사실이다. 그
의 형 약전과 약종도 마찬가지로 천주교에 입교하였다. 이 3형제 중 약
종은 신유박해(1801년) 때 서울 서소문 밖에서 참수를 당해 순교했고 약
전은 흑산도 유배 중에 병사하였다.

나라의 법이 천주교 신앙을 금지하는 상황에서 배교背敎를 하지 않으

면 목숨을 잃을 수밖에 없었다. 그 죽음이 교회의 지향에 따르는 순교라 하더라도 인간에게는 인간으로서의 한계도 있고, 또 모두가 순교하면 이 세상은 누가 맡아서 살아가나.

이렇게 어려운 문제 앞에서 신앙인은 갈등을 하게 된다. 예수의 수제 자인 베드로도 '나는 예수를 모른다'고 세 번이나 거짓을 말한 바 있다. 조선의 선비로 중국 북경의 천주당에 찾아가 그라몽 신부로부터 세례를 받아 첫 번째 신자가 된 이승훈도 귀국 후 몇 번이나 배교를 하였다. 그 러나 신유박해 때 결국 순교하였다.

천주교 신자들이 조선에서 왜 목숨을 바쳐 순교를 하게 되었는가. 이 승훈이 중국에 가서 세례를 받고 천주교 신자가 되어 귀국한 1784년보다 훨씬 이전인 1717년부터 중국에서 이미 천주교는 탄압을 받는 종교였다.

가톨릭의 예수회 신부인 마테오 리치가 처음에 중국에 들어와 유교 문화에 적응해 천주교天主敎라 하며 선교를 시작했을 때에는 문제되는 일이 없었다. 그러나 같은 가톨릭이지만 예수회 다음으로 중국에 들어 온 수도회인 프란치스코회와 도미니코회 선교사들이 동아시아 전통 사 회에 있는 공자에 대한 공경의식과 조상에 대한 제사 의식을 보고 미신 이라 하며 부정하기 시작하였다. 이들이 로마 교황청에 보고를 해 가톨 릭교회 공식 방침으로 공자와 조상에 대한 공경의식을 따르지 말도록 신자들에게 지시하였다.

이 현상을 본 청나라 황제 강희제康熙帝가 중국에 대한 내정간섭이라 하여 1917년에 천주교 금지령을 내렸다. 이것은 가톨릭교회가 동아시아 의 전통문화에 대해 제대로 이해를 하지 못해 일어난 일이다. 이 문제는 결국 1939년에 로마 교황청이 공자와 조상에 대한 공경의식을 허락하는 것으로 해결이 되었다.

원래 그리스도교의 '십계명'에도 '부모에게 효도하여라' 한 계명이 들어 있다. 다만 제사 의식에 미신적 요소가 있느냐 없느냐 하는 데서 이해의 차질이 초래된 것이다. 현대의 교회사학 분야에서는 말하기를 교회도 인간들이 운영하는 것인데 상대적인 인간들의 차원에서는 오류가 있을 수 있어 시정을 하면 된다. 아울러 절대적 차원에서 진리는 영원히 불변한다고 한다.

그러면 조선 천주교가 겪은 박해와 그 시대에 있었던 순교 행렬은 어떻게 이해해야 하는가. 다산 정약용의 셋째 형인 약종의 아들 하상夏祥이 관헌에 잡히어 순교하기 전에 나라의 재상에게 바친 글월 「상재상서上宰相書」가 그 시대 천주교 신자들의 생각을 대표적으로 잘 드러내 보여 주고 있다. "천주교 십계명에 들어있듯이 어버이에게 마땅히 효도해야 하며 그 위에는 나라의 임금이 있고 또 그 위에는 천지 만물을 지은 큰 어버이로서 상제上帝 즉 하느님이 있다. 세상에는 세 가지 혼이 있는데 식물에게는 생혼生魂이 있고 짐승에게는 각혼覺魂이 있고 사람에게는 영혼이 있다. 사람의 영혼은 영원히 불멸한다." 이러한 이치를 생각건대 천주교 신자들에게는 잘못한 죄가 없고 죽어도 불멸하는 영혼이 떳떳한 길을 간다는 것이다.

다산은 천주교에 박해가 가해질 때마다 관변에 대해 항의한다기보다 오히려 천주교에 거리를 두겠다는 태도를 취해 유배를 당하는 정도로 살아남는 길을 갔다. 특히 조상에 대한 제사를 금지한다는 것은 천주교 서적 어디에서도 본 적이 없다는 것이 그의 주장이었다. 그것은 사실이다. 원래 중국에 먼저 들어온 가톨릭 신앙을 책으로 엮어낸 예수회 신부들은 유교에 대해 적응하는 태도를 취했으므로 공자와 조상에 대한 공경의식을 비판한 적이 없었으니 그러한 내용을 보지 못하였다.

1797년(정조 21년)에 다산은 동부승지同副承旨 벼슬의 발령을 받았는데 이에 대해 관가에서 부당하다는 반대 여론이 일어났다. 중국인 주문모周文謨 신부를 비밀리에 영입한 사건에 다산이 연루되어 있다는 것이었다. 다산은 임금에게 상소를 올려 동부승지 부임을 면해 달라고 청하였다. 천주교와의 관련 문제로 정조 임금이 몇 번이나 어버이 같은 너그러움으로 목숨을 건져 준 은혜를 생각해서라도 앞으로 천주교와의 관계를 끊겠다는 말도 하였다.[1]

그러나 다산의 사죄 상소문은 임금과 신하 사이의 은혜와 의리만 이야기한 것이 아니고, 일찍이 천주교를 마음속으로 좋아하고 사모했다는 사실도 실토하였다. 즉 어쩌다가 경솔히 피상적으로 천주교 신앙을 갖게 된 것이 아니었다는 뜻이다.

신은 이른바 서양 천주교에 대하여 일찍이 그 책을 보았습니다. 그러나 책을 본 것이 어찌 바로 죄가 되겠습니까. 대개 일찍이 마음속으로 좋아하여 사모했고, 또 일찍이 이를 거론하여 남에게 자랑하였습니다. 그 본원 심술心術에 있어서, 일찍이 기름이 스며들고 물이 젖어들며 뿌리가 점거하고 가지가 얽히듯 해도 스스로 깨닫지 못하였습니다.[2]

다산은 천주교의 신앙 내용에 몰아지경으로 심취한 적이 있다는 고백이다.

다산 정약용은 그의 생애 전반을 볼 때 조선시대 학문의 역사 복판에

<hr>

1 정약용, 박석무·정해렴 편역, 「천주교 관계의 전말을 상소합니다辨謗辭同副承旨疏」(廢祭文 說臣文薈所見書 亦所未見), 『다산논설선집』, 현대실학사, 1996, 307면.
2 위의 글, 308면.

위치하고 지성을 집대성集大成한 대표적 인물이므로, 전통 유교에 있어서 뿐 아니라 천주교에 관련한 내용도 충실히 밝혀 볼 필요가 있다.

다산이 천주교에 대해 깊이 연구한 사실은 이른바 정미반회丁未泮會 사건에 관련해 살펴 볼 수 있다. 1787년(정조 11년) 겨울에 이승훈·정약용·이기경 등이 서울 반촌泮村 : 오늘의 혜화동에 있던 김석태의 집에 모여 천주교 서적들에 대해 연구한 것이 적발되어 문제가 된 사건이다. 학계의 연구 결과에 의하면 이때 정약용과 이승훈 등이 연구한 천주교 서적은 다음과 같다.[3]

『**진도자증**眞道自證』: 예수회의 프랑스인 선교사 샤바냑 신부가 지은 천주교 교리서이다. 한문으로 기술된 4권의 책이다. 하느님·삼위일체·만물의 조성·원죄·구원 등 동양인들이 의문을 품는 문제들에 대해 예증을 하며 설명해 놓았다.

『**만물진원**萬物眞原』: 예수회의 이탈리아인 선교사 알레니가 지은 한문 천주교 교리서이다. 만주어로 번역되기도 하였다. 천주교의 입장에서 자연과학을 설명해 하느님이 우주 만물의 존재 근원이라고 하였다. 유교의 성리학에서 말하는 이理와 기氣는 스스로 어떤 능력을 지니지 못한다고 하였다. 한글로 번역된 책이 조선의 천주교 신자들에게 읽히기도 하였다.

『**성세추요**盛世芻蕘』: 예수회의 프랑스인 선교사 마이야 신부가 지은 한문 천주교 교리서이다. '추요'는 일반 서민의 어투를 뜻하고 있다. 전부 5

---

3   원재연, 「18세기 후반 정약용의 서학 연구와 역사관」,『한국학으로서 조선 서학의 한계와 전망』, 서강 서학 학술대회, 2011, 13면.

권으로 된 이 책은 판을 거듭하면서 널리 읽혔다. 천지 창조, 원죄와 구원, 영혼의 불멸, 이단 등에 관해 설명하고 있다. 조선 천주교 초기에 정약종이 지어 널리 읽힌 『주교요지』를 가리켜 중국인 주문모 신부는 중국의 한문 천주교 교리서 『성세추요』에 걸맞은 책이라고 하였다.

이와 같이 서양 신부들이 중국에 들어와 한문으로 기술한 천주교 교리서로서 신자 대중에게 널리 영향을 미친 책들을 다산 정약용이 이승훈과 더불어 성균관 근방에서 모임을 가지며 진지하게 읽고 연구한 시절이 있었다.

다산이 동부승지 벼슬을 사양하며 임금에게 올린 글에서 자신의 마음에 천주교 신앙이 마치 물이 젖어들고 뿌리가 내리고 가지가 얽히듯 했다는 표현은 서양 신부들이 중국에 들어와 신학적 전문 지식을 가지고 한문으로 저술한 책들을 열심히 읽어서 소화한 적이 있다는 말이다.

다산이 천주교의 교리와 신앙에 빠져 지낸 기간은 1787년의 이른바 반촌泮村 모임을 전후한 약 6년 동안에 이른다. 1783년에 초시初試에 합격해 성균관에 들어가 공부하는 신분이 되었고 성균관에서 진행하는 잦은 과제에서 초기에는 늘 수석을 차지해 정조 임금으로부터 칭찬과 상품도 많이 받았는데 1789년에야 대과大科에 2등으로 합격해 비로소 관직에 나아갈 수 있었다. 과거를 마무리하는 데에 이처럼 늦어진 것은 다산이 천주학에 너무 몰두해 있었던 데에 원인이 있다고 성균관 안에서도 여론이 있었다.

이러한 과정이 있었는데도 다산의 수많은 학문적 저술에는 직접적으로 천주교를 거론한 것이 드물다. 이 때문인지 다산 이후 시대의 일반 한학자들 중에는 다산을 가리켜 천주교 신자가 아니었거나 배교를 한 후에는 천주교를 떠나고 말았으니 역시 신자가 아니라고 주장하는 이들이 있다.

그러나 어느 사람에게 종교적 신앙심이 있었는지 여부를 가장 잘 아는 사람들은 같은 당대에 천주교 교우敎友로서 박해를 무릅쓰고 신앙생활을 한 사람들이다. 우선 당대의 다산 주변 환경을 관찰할 필요가 있다. 다산의 바로 손위 형인 정약종은 의지가 굳은 천주교 신자로서 교우 사회에서 지도적 역할을 하다가 1801년 신유박해 때에 서울 서소문 밖 형장에서 참수를 당해 순교하였다. 그의 장남 정철상은 부친의 옥고 뒷바라지에 열중해 있다가 그마저 체포되어 역시 서소문 형장에서 참수를 당하였다.

정약종의 재취 부인 유소사와 차남 정하상 여식 정정혜는 신유박해에서 살아남았지만 변함없이 신앙을 지키며 마재 마을의 숙부인 다산의 가족들에 의지해 살다가 제2차 박해인 기해박해 때에 모두 장살을 당해 순교한다.

이러한 환경에서 다산과 형 정약전은 전라도 강진과 흑산도에 유배되어 있지만 정치적 가해 계열의 압박 아래서 18년의 긴 세월이 지나도록 귀양살이가 풀리지 못했었다. 이러한 환경에서 다산이 천주교를 거론하지 않은 것은 모진 박해 아래 은둔하는 모습이었다. 1818년에 유배가 풀려 고향 마을 마재에 돌아오고 1822년에 회갑을 맞이해 다산은 장차 자신의 무덤 속에 넣어 둘 회고록으로 「자찬 묘지명自撰墓誌銘」을 적었다. 이것이 다산의 진솔한 고백록이다.[4]

묘지명에서 생애 일반의 편력이 아닌 천주교 신앙 관련 부분을 요약해서 보면 다음과 같은 말들이 나온다.

---

4 정약용, 「나의 삶, 나의 길[自撰墓誌銘]」, 박석무 · 정해렴 편역, 앞의 책, 1996, 208~237면.

이기경李基慶도 서교西敎 듣기를 즐겨하여 손수 한 권의 책을 베껴 놓기까지 했는데 그가 두 마음을 먹기는 1788년(정조 12년)부터였다.

호남에서 윤지충·권상연의 옥사獄事가 있었는데 악인惡人 홍낙안 등이 이 사건을 핑계 삼아 착한 사람善類들을 모두 제거해버릴 것을 꾀하려고 하여 채제공 대신에게 글을 올렸다. "총명한 재주와 지혜로 보란듯이 행세하는 관료와 선비들의 열 명 중 7·8명은 서교西敎에 빠져 있어 앞으로 난리가 있을 것입니다"라고 하였다.

나는 강진康津 해변으로 귀양을 갔다. 어린 시절에 학문에 뜻을 두었지만 20년 동안 속세와 벼슬길에 빠져 옛날 어진 임금들이 나라를 다스렸던 대도大道를 알지 못하였다. 이제야 겨를을 얻었구나 하는 생각이 들어 스스로 기뻐하였다.

두려워하고 삼가면서 자신의 가슴 속을 비추는 듯 상제上帝를 섬기는 것은 인仁이 될 수 있는 것이다. 헛되이 태극太極만을 높이고 이理를 천天이라 하면 인仁이 될 수도 없고 푸른 하늘을 섬기고 말 뿐이다. 하늘의 보살핌이 있음을 알아 삼가고 공경하며 힘써 장차 늙음이 이르는 것도 잊는 것은 하늘이 내게 내려주시는 복이 아니겠는가.

임오년(1822년)은 회갑回甲의 해이다. 죄를 회개할 때이다. 수습하여 결론을 맺고 평생을 다시 돌려 올해부터 내가 몸을 닦아 실천한다면 밝게 소명을 살펴서 나머지 삶을 마칠 것이다.

힘써 밝게 하늘을 섬기면

마침내 경사慶事가 있으리라.

이 묘지명의 끝에서 '밝게 섬기면'이라 한 데서는 '상제上帝'라는 말이 함께 들어 있지 않다. 그러나 같은 묘지명의 앞과 가운데 부분에서 이미 서교西敎와 '상제'에 대한 섬김 및 '하늘이 내리는 보살핌[天之有降監]'이라는 말을 썼으니 끝 부분의 '밝은 섬김[昭事]'은 당연히 '상제'에 대한 섬김이며, 그 시대에 『천주실의天主實義』를 읽고 천주교에 입교한 다산에게는 바로 상제가 천주이며 천주가 하느님이다. 한문으로는 이것이 표기의 방법이다.

그리고 박해시대에 서교를 비판한 사람을 악인惡人이라 했고 천주교 신자들을 가리켜 '착한 사람들善類'이라고 하였다. 특히 자신의 회갑을 가리켜 "죄를 회개할 때[罪悔之年]"라고 하였다. 한때의 배교를 뉘우친 것이다. 힘써 섬기면 "마침내 경사가 있을 것"이라고 한 것은 자신의 영혼이 구원을 받기를 희망한 것이다.

정다산이 강진 유배로부터 풀려 고향 마재에 돌아온 후 천주교 신자로서 신앙생활에 충실하다가 선종한 사실은 조선교구 제5대 교구장으로 순교한 다블뤼 주교의 비망록을 사료로 삼아 저술된 달레의 『한국천주교회사』에 실려 있다.

귀양이 풀려 돌아온 뒤 정약용 요한은 이전보다 더 열심으로 교회의 모든 본분을 지키기 시작하였다. 1801년 신유박해 때에 그리스도에 대한 신앙을 입으로 배반한 것을 진심으로 뉘우쳐 세상과 떨어져 살았다. 거의 언제나 방에 들어앉아 몇몇 친구들 밖에는 만나지 않았다. 그는 자주 단식의 계율을 지키고, 그 밖에도 아픈 쇠사슬 허리띠를 만들어 매어 극기克己를 하였다. 그는 자주 오래 동안 묵상을 하였다. 정 요한은 그의 묵상의 일부를 적어 놓았고 신입 교우들을 가르치기 위한 책들을 지어 남겼다. 그의 저서들이 박해 때에 숨겨 둔 땅 속에서 벌레에 먹히고 썩고 하였다.

정약용 요한은 조선에 들어와 있던 중국인 유방제劉方濟 신부로부터 마지막 성사聖事를 받은 후 세상을 떠났다.[5]

조선 천주교회사 사료를 모았던 다블뤼 주교는 조선의 김대건 신부와 함께 중국 상해에서 출항 충청도 강경 황산포黃山浦에 상륙해, 신부로 12년 주교로 9년 도합 21년 동안 조선에서 사목하고 1866년에 순교하였다. 그는 수집한 교회사 사료들을 프랑스어로 번역해 1862년 파리 외방전교회 본부로 보냈다. 이것이 달레 신부의 『한국 천주교회사』로 발간되기에 이른다. 애석한 것은 1863년에 다블뤼 주교의 집무실에 화재가 발생해 그가 수집해 비치하고 있던 사료들이 모두 불타버렸다. 바로 이 소실된 사료들 속에 정다산의 천주교 관련 저술들도 들어 있었을 것으로 추측할 수 있다. 그러나 바로 그 전 해에 다블뤼 주교의 불역 사료들이 파리 외방전교회에 송부되어 조선 천주교회사가 발간될 수 있었던 것이 다행스러운 일이다.

2. 다산의 문학

다산 정약용은 조선 천주교회의 창립에 참여했고, 교회가 한때 조상에 대한 제사를 금지한 데서 비롯한 박해 속에서 갈등을 하고 배교를 한 적도 있지만, 달레의 『조선 천주교회사』 기록이 증명하는 대로 천주교 신자의 본분에 돌아와 만년의 생애를 마쳤다. 이러한 다산은 또한 2,500여 수의 시를 지어 남긴 시인이었다.

5　샤를르 달레, 안응렬·최석우 역, 『한국천주교회사』 중, 분도출판사, 1980, 185~186면.

다산은 인문적 학문의 집대성자로도 위상이 크지만 이 학식과 교양을 가지고 그의 시들이 일관되게 민족의 주체성과 백성의 인간다운 삶을 옹호하는 지향을 지니게 하였다. 그 시대의 문화 현실로는 지식 사회의 공용어가 한문이었으므로 그도 한문으로 시를 쓴 것은 어쩔 수 없는 형편이었다. 그러나 그의 시가 아무 의식 없이 중국의 한시 풍조에 휩싸여 구현되는 것은 아니었다. 그의 이른바 '조선시 정신'을 보여 주는 시가 있다.

나는야 조선 사람	我是朝鮮人
조선시 즐겨 쓰리	甘作朝鮮詩

이 선언적 구절의 앞과 뒤에 역시 시 형식으로 제시된 시론들이 있다. "붓 가는대로 마음껏 써버리는 일 / 구구한 그 격과 율을 / 먼 곳 사람 어떻게 알 수 있으랴 / 배와 귤은 그 맛이 각각 다른 것 / 입맛 따라 저 좋은 것 고르면 되지."(「노인의 즐거움」 부분)[6]

노년에 이르는 일생에 걸쳐 다산은 비록 한문을 이용해 시를 썼지만 중국의 시 형식에 구속받지 않고, 흥이 나는 대로 뜻이 되는대로 표현하는 시를 썼다.

동시에 다산은 조선 민족의 역사 안에 있는 문화의 고전 자산들을 반드시 시에 활용해야 한다고 강조하였다.

우리나라 사람들은 중국의 고사를 사용하는데 이 역시 비루한 문풍이다. 응당 『삼국사기』, 『고려사』, 『국조보감』, 『여지승람』, 『징비록』, 『연려실기

---

6   정약용, 송재소 역, 『다산시선』, 창비, 2013, 536~537면.

술』및 기타 우리나라의 글들에서 여러 가지 사실을 뽑아 시에 사용한 연후에
라야 바야흐로 세상에 이름을 떨치고 후세에까지 전할 수 있을 것이다.

　나라를 걱정하지 않는 것은 시가 아니다. 시대를 아파하고 퇴폐한 습속을
통분히 여기지 않는 것은 시가 아니다. 그러므로 뜻이 확립되지 못하고 배움
이 순정치 못하고 대도大道를 듣지 못하고 임금을 바르게 인도하고 백성들에
게 혜택을 베풀려는 마음이 없는 자는 시를 지을 수 없다.

—「아들 학연에게」[7]

　다산의 시에서 큰 부분은 굶주리는 백성들에 대한 개탄이다. 백성들
이 대체로 굶주림 속에 살고 있는데 이러한 형편도 눈에 보이지 않는지
나라의 지방 관리들은 수탈을 일삼는다. 1794년(정조 18년) 다산은 서른
셋의 나이로 암행어사가 되어 경기도 연천의 적성촌에 이르러 백성들의
참담한 가난을 목격하고 한 편의 시를 썼다.

　　시냇가 헌집 한 채 뚝배기 같고
　　북풍에 이엉 걷혀 서까래만 앙상하네

　　묵은 재에 눈이 덮여 부엌은 차디차고
　　체눈처럼 뚫린 벽에 별빛이 비쳐드네

　　집 안에 있는 물건 쓸쓸하기 짝이 없어
　　모조리 팔아도 칠팔 푼이 안 되겠네

....

7　위의 책, 539 · 551면.

개꼬리 같은 조이삭 세 줄기와

닭창자같이 비틀어진 고추 한 꿰미

깨진 항아리 새는 곳은 헝겊으로 때웠으며

무너앉은 선반대는 새끼줄로 얽었구나

어린것 해진 옷은 어깨 팔뚝 다 나왔고

날 때부터 바지 버선 걸쳐 보지 못하였네

지난 봄에 꾸어온 환자미還子米가 닷말인데

금년도 이 꼴이니 무슨 수로 산단 말가

오호라 이런 집이 천지에 가득한데

구중궁궐 깊고 멀어 어찌 다 살펴 보랴

—「적성촌에서」 부분[8]

이 암행어사 길에서 다산은 연천현감을 지낸 김영직을 의법 처벌케
하였다. 시 「적성촌에서」의 표현 기법은 "북풍에 이엉 걷힌 서까래, 체
눈처럼 뚫린 벽, 개꼬리같은 조이삭, 구중궁궐 깊고 멀어" 등 구체적 사
실로 생동한다. 인간다운 삶에서 너무 멀리 버려진 황폐함을 직시하는
것은 학문으로 도道를 닦아서 한다는 정치의 허위를 비판하는 성호학파
星湖學派 실학정신의 구현이다.

---

8 위의 책, 106~108면.

이러한 다산의 시세계이지만 작자가 원래 엄격한 교조주의만 목표한 것은 아니다. 정의롭고 인간적인 사회를 먼저 구현하고, 그다음에는 자연의 아름다움과 서정적 운치를 누릴 수 있다는 말도 다산은 유배지에서 어린 아들들에게 보낸 편지에 적어 놓았다.

"마음에 항상 만백성에게 혜택을 주어야겠다는 생각과 만물을 자라게 해야겠다는 뜻을 가지고 있은 뒤라야만 바야흐로 참다운 독서를 한 군자라 할 수 있다. 그러한 사람이 된 뒤 더러 안개 낀 아침, 달뜨는 저녁, 짙은 녹음, 가랑비 내리는 날을 보고 문득 마음에 자극이 와서 갑자기 생각이 떠올라 그냥 운율이 나오고 저절로 시가 되어질 때, 천지자연의 음향이 제 소리를 내는 것이다. 이것이 바로 시인이 제 역할을 해내는 경지일 것이다."9 이러한 시 본래의 경지도 일찍이 그는 알고 있었다.

아직 젊은 시절에도 다산은 서울의 벼슬살이와 천주교를 배척하는 사람들의 모함에 지쳐, 고향 마을 마재 앞 강 초내[苕川] 물 위에 작은 배 한 척을 마련하려 하였다. 배 안에 고기 잡는 그물과 낚싯대를 갖추고, 배 안에 온돌방 한 칸도 만들고, 솥·소반·잔 들도 들여놓고, 아내와 아이들도 태우려 하였다. 마을 앞 강에서 멀지 않은 수종사水鐘寺 앞 강까지 오르내리며 오리처럼 둥실둥실 떠서 고기도 잡고 잠도 자고 때때로 시를 써서 읊조리려 하였다. 실제로 그 뱃집에 걸 간판도 만들었다.

다산이 고향으로 돌아간 것을 안 정조 임금이 다시 불러 올려 다산은 마지못해 서울에 돌아갔는데 바로 며칠 뒤에 임금이 갑작스러운 병환으로 세상을 떠났다. 이때를 기다린 노론 세력의 대대적인 천주교 박해가 시작되고 다산은 가까스로 목숨을 구해 형 약전과 함께 귀양길에 올랐

9　정약용, 「두 아들에게 부치노래[寄二兒]」, 박석무·정해렴 역, 앞의 책, 1996, 305면.

다. 그로부터 18년 동안의 강진 유배에서 다산은『목민심서』를 비롯해 나라와 겨레에 풍요한 정신적 자산을 일구어 주었지만, 고향의 어여쁜 어린 딸을 그리는 시도 썼다. 그리고 귀양이 풀려 마재 마을에 돌아간 뒤에는 한때의 배교를 뉘우치며 쇠사슬을 허리에 두른 고행을 감행하였다. 하느님을 잘 섬겨[昭事上帝] 경사스러운 영원에 진입할 희망을 갖고 영적 매진으로 여생을 마쳤다.

천주가사의 의미

1. 교리와 민요

천주교가 조선에 처음으로 알려진 것은 외국 선교사가 들어와 교리와 진리를 전해주어 된 일이 아니었다. 대개 중국에 왕래하는 조선 정부의 외교사절로 또는 그 일행으로 동행한 선비들이 중국에서 보고 구입해 가져온 한문 서적들 중에 천주교에 관한 책들이 있었다.

이러한 경로로 이수광이 1600년대 초에 중국으로부터 마테오 리치가 지은 『천주실의』와 『교우론』을, 허균이 판토하의 저서 『칠극』을 조선에 들여왔다. 이러한 책들이 천주교를 조선에 소개한 최초의 책들이었다.

조선에 불교와 유교 등 종교들이 있었지만 이 경우들도 다 외국에서 들어온 것이라는 점에서는 천주교와 마찬가지이다. 그러나 불교와 유교가 처음으로 한국 민족문화에 전해질 때에는 민족 언어의 표기 수단인 한글이 없었고 민족의 전통 문학양식에 온전히 소통될 여건이 아니었다.

천주교는 처음에 한문으로 된 서학서西學書로 들어왔지만 그때 조선에는 민족 언어의 한글 표기에 의거하는 전통 문학 양식이 있었다. 가사歌辭와 시조時調가 고려 말엽에 가창과 읊조림의 양식으로 있어 오다가 세종조의 한글 창제 이후에는 지난날의 구비적 작품들까지 문자로 정착되며 문학사를 형성해 갔다. 시조는 보다 서정적 성격을 띠지만 서사적 성격에 가까운 것이 가사였다.

　　천근天根을 못내 보아 망양정望洋亭에 오른 말이 / 바다 밖은 하늘이니 하늘 밖은 무엇인고

정송강의 가사문학인 『관동별곡』의 한 구절로서 4・4조調 4음보 양식이다. 바다 밖으로 보이는 하늘을 두고도 더 근원을 묻는 시상詩想은 또한 종교적인 발상이기도 하다. 우주 만물의 생성 근원에 대해 천주교는 하느님이 세상을 창조했다고 구약성서의 창세기를 통해 말하고 있다. 하느님도 그 누구의 피조물이라면 하느님일 수 없다고 말한다.

　　어화 세상 벗님네야 이내 말씀 들어보소
　　집안에는 어른 있고 나라에는 임금 있네
　　내 몸에는 영혼 있고 하늘에는 천주 있네
　　부모에게 효도하고 임금에는 충성하네
　　삼강오륜 지켜가자 천주 공경 으뜸일세
　　이내 몸은 죽어져도 영혼 남아 무궁하다
　　(…중략…)
　　죄 짓고서 두려운 자 천주 없다 시비 마소

아비 없는 자식 봤나 양지 없는 음지 있나

임금 용안 못 보았다 나라 백성 아닐런가

천당지옥 가보았나 세상 사람 시비 마소[1]

이벽이 지은 천주가사 「천주공경가」이다. 이 노래는 정약전·권상학·이총억 세 사람이 함께 지은 「십계명가」와 함께 가장 이른 단계의 천주가사이다. 이 천주가사들은 손글씨로 적은 필사본인데 지금 숭실대학교박물관에 소장되어 있는 『만천유고蔓川遺稿』에 실려 있다.

만천晩泉·蔓川은 조선 사람으로 중국에 가서 최초로 천주교에 입교해 세례를 받고 돌아온 이승훈의 호이다. 이 책에 발문을 붙인 사람은 무극관인無極觀人이라고 되어 있고 작성한 연대가 밝혀져 있지 않지만 책의 내용 자체들을 보아 원래 이승훈이 작성한 것이 사실이라는 점은 천주가사 연구자 하성래河聲來의 서지적 고증으로 밝혀졌다고 보게 된다.[2]

이 『만천유고』에 실려 있는 천주가사 「천주공경가」에는 "1779년(정조 3년) 음력 섣달 주어사走魚寺에서 이벽이 지었다"고 덧붙여져 있다. 또 같은 때 같은 곳에서 「십계명가」는 정약전·권상학·이총억이 함께 지었다고 덧붙여져 있다.

이승훈이 중국 북경에 가서 천주교에 입교하고 돌아와 대세代洗 형식으로 세례를 주며 조선의 천주교 공동체를 형성한 것이 1784년의 일이니 천주가사는 가성직단에 의한 조선 천주교회의 창설보다 5년 앞서서 출현한 것이다. 그러면서 천주가사는 당시 조선 사회의 4·4조 4음보의

---

1 김영수, 『교주 천주가사』, 한국교회사연구소, 2005, 13~15면.
2 하성래, 『천주가사연구』, 성황석두루가서원, 1985, 140~147면.

가사문학 양식을 취해 지어졌다. 바로 이 양식적 소통 현상은 조선 민족의 문화와 외래 종교 천주교의 신앙이 융합을 이루고 토착화에 다가간 중요한 사실이다.

이른바 서학西學 즉 천주교가 1600년대 초부터 한문으로 된 교리서들을 통해 조선의 지식층에 널리 알려진다. 『천주실의』와 『칠극』은 1610년대에 조선에 들어오기 시작하고 『십계』는 1630년대에 들어온 것으로 추정된다. 천주교를 배척하는 주장들도 일어났다. 이러한 사회 상황에서 남인 성호학파 중 천주교의 진리를 터득하고 자발적으로 신앙생활의 방향을 열어가던 권철신·이벽·정약전 등의 주어사 강학 모임은 교회가 창설되기 이전 단계에서도 이미 천주가사를 짓기에 이른 것이라고 보게 된다.

그리고 천주교에 대한 박해가 시작된 후에도 은밀히 증대되어 가는 신자들은 한문으로 된 천주교 교리서 내용들을 우리말로 풀어내어 홍얼거리는 구창口唱의 가락에 실어 전파해 갔다. 그러면서 이것이 한글로 기록되면 천주가사 작품이 된다. 작품이 된 뒤에도 계속 구전되며 여러 개의 이본이 생겨나고 또한 노래로 불리기도 하는 것이 천주가사이다.

현대에 이르기까지 더러 촌락에 남아 있던 구전 천주가사들을 연구자들이 녹취한 바에 의하면 천주가사의 대부분이 민요의 가락을 지니고 있는 것으로 나타난다. 「천주공경가」는 깊고 낮은 음의 평조이고, 「삼세대의」는 농부가 가락으로 사설 읽기를 하는 메나리조이다. 「천당노래」와 「사향가」는 꺾는 음으로 애련한 느낌이며 내방가사류이기도 한 계면조이다.[3]

<hr>

3   강영애, 「구전되는 천주가사의 음악적 특징」, 『예술론집』 제3집, 전남대 예술연구소, 1999, 191~210면.

천주가사의 「십계명가」는 구약성서의 십계명을 풀어 노래한다. '일곱 날 중 엿새간은 근면 노력 다하고서 / 일곱째 날 고요히 천주공경하여 보세 / 천지 고금 만물지사 부모 효도 으뜸일세 / 하늘같은 대자대비 부모 정이 일컬으면 / 인간 금수 초목 만물 그 아버지 천주일세'. 이처럼 효도와 하느님 공경 말하고, 일곱째 날 안식일까지 읊고 있다.

「사향가」는 19세기에 지어진 것으로 최양업 신부가 작자로 되어 있는 필사본들이 있으나 확실하게 고증이 되지 않는다. 20여 종의 이본이 보급되어 있는 것으로 보아 신자들 속에 가장 널리 읽히고 또는 구연된 천주가사이다. 대체로 4·4조 4음보 가사 양식으로 200행에서 800행이 넘는 이본들이 있는 만큼, 이론적 교리서가 아닌 신앙심의 읊조림 가락으로 장시간 이어지는 내용이었다. 또 이 규모에 따라 천주교 교리의 광범한 요소들을 지녀 신앙의 토착화에 활용되었다.

어화 벗님네야 우리 낙토 찾아가세

동서남북 사해팔방 어느 곳이 낙토런고

지당으로 가자하니 아담 원조 내쳐 있고

복지로 가자하니 모세 성인 못 들었고

이러한 풍진 세계 평안한 곳 아니로다

부귀영화 얻었던들 몇 해까지 즐거하며

빈궁재화 걸렸던들 몇 해까지 근심할고

인간영락 다 얻어도 죽어지면 헛것이라

세상고난 다 받아도 죽어지면 없으리라

우주간에 비켜서서 조화 묘리 살펴보니

체읍지곡 이 이니며 칸류지소 그 이닌기

　　아마도 우리 낙토 천당 밖에 다시 없네

　　복락이 순전하고 길경이 충만하여

　　무궁세에 지내도록 영원 상생 무종하니

　　우리 생전 가장 큰 일 이 일 밖에 또 없구나

　　(…중략…)

　　어와 벗님네야 우리 고향 가사이다

　　세속 훼방 탄치 말고 세속 체면 보지 말고

　구약 성서의 지식으로서 에덴동산에서 원죄를 얻은 아담이 있는 곳으로 갈 일이 아니고, 시나이 산에서 십계명을 공포한 민중의 지도자였지만 가나안 복지로 가던 도중에 죽은 모세의 땅으로 가기도 미심하다. 요는 착한 사람들이 향할 궁극의 목표는 천당이며 그곳이 우리의 '고향'이라는 것이다.

　그리스도 신앙은 원래 현세를 경시하면서 내세에만 치중하는 것은 아니다. 다만 우주 만물의 존재 근원이 하느님 나라이고 변함없는 궁극의 안식처도 그곳이라는 뜻이다. 마테오 리치가 중국에서 한문으로 책을 쓰면서 '천향天鄕'이란 말을 썼는데 마찬가지로 하느님 나라라는 뜻인 천당을 가리킨 것이다. 조선시대의 천주교는 박해와 순교의 상황에 있었으므로 십자가의 고통을 겪더라도 하느님 나라에 가는 것을 신자들이 장한 일로 생각하였다.

　한국 민족은 원래 자연스럽게 '하느님'이라는 어휘와 개념을 가지고 있으며 하느님을 숭앙하는 심성을 가지고 있다. 이러한 심성에 대해 조선 천주교 초창기의 신도회장이었던 정약종이 그의 한글 저서 『주교요지』에서 다음과 같이 말하였다.

무릇 사람이 하늘을 우러러 봄에 그 위에 임자가 계신 것을 알므로 병들고 어려운 일을 겪으면 하늘을 우러러 "이 괴로움에서 벗어나게 하소서" 하며 빌고, 번개와 우뢰를 만나면 자기 죄악을 생각하고 마음이 놀랍고 송구하니, 만일 천상에 임자가 아니 계신다면 어찌 사람마다 마음이 이러하리오.[4]

하늘에 있는 임자는 곧 '천주天主'이며, 한국어에 원래 있는 '하느님'은 하늘에 '님'을 붙여서 존칭으로 쓰는 것이니 한국 사람은 자연스럽게 최고의 신으로 하느님을 믿는 심성을 가지고 있었다. 이것은 불교·유교·도교가 들어오기 이전부터 한반도의 고대국가 개국 신화들이 모두 하늘로부터 내려오는 권능에 근원을 두고 있는 데서 나타난다.

동아시아에서 가까운 나라 일본의 경우를 보면 고대로부터 최고의 신으로 '하느님'을 의식하지 않았다. 황족皇族의 근거도 태양신이나 씨족신에 의거하였다. 일본인들의 '신神, 가미' 개념은 자연이나 인간들 속에서 뛰어나고 아름다우며 섬기고 싶은 마음이 우러나는 대상 모두를 가리킨다. 일본 학계의 관점에서 보면 일본의 역사서인 『고사기古事記』 안에 나타나는 '가미'의 수가 800만이고 『일본서기日本書記』에 나타나는 가미의 수는 80만이라고 한다.[5]

일본 문화 속의 이와 같은 다신적多神的이고 씨족적인 의식구조가 유일신 신앙인 그리스도교의 영입에 순탄치 않은 작용을 한다고 볼 수 있다. 일본에는 일찍이 16세기에 가톨릭 선교사가 진출해 교세를 펼쳐 가다가 뒷날에 혹심한 박해에 부딪혀 많은 순교자를 내었다. 일본의 순교

4 정약종, 「주교요지」, 『순교자와 증거자들』, 한국교회사연구소, 1982, 10면.
5 김승혜, 「한국인의 '하느님' 개념과 그리스도교의 '하느님' 사상」, '한국가톨릭문화연구원 15차 하술 심포지엄', 1993, 2면.

자들도 죽어가면서 가톨릭 신앙의 노래를 부르는 장면이 엔도 슈샤쿠의 소설 『침묵』에 나온다.

"어서 가자, 어서 가자 / 파라이소의 궁전으로 / 파라이소의 궁전이라 하지만 (…중략…) / 넓고 넓은 궁전이라 하지만." 모키치라는 신자가 죽어가며 부르는 노래이다. 노래 속 '파라이소'는 포르투갈어로 '천국'이라는 뜻이다. 이 외에도 십자가·성인·기도·순교 등을 일본인들은 포르투갈어 발음대로 따라서 사용하였다. 다른 한편에 있는 나라 중국에서는 또 다르게 스스로 중화中華 민족이라는 아집을 지켰다. 서양 선교사들이 스스로 유교의 상제上帝를 하느님(라틴어 deus)과 같은 뜻이라고 하는 적응주의 때문에 천주교를 받아들였다. 그 뒤 신앙의 자유는 중국에서 계속 이루어지지 못하였다.

동아시아 나라들의 이러한 의식 성향에 비해 한국 민족은 자연스럽게 최고의 신으로 '하느님'이라고 부르는 어휘를 가지고 있었으며, 이것을 '천주'와 동의어로 사용하였다.

이와 같이 순탄하게 소통하는 언어의식을 통해 한문 교리서에서 우리말로 번역하고 조절한 내용이 조선의 '천주가사'가 되었는데 이것은 다시 민요에까지 연결이 되어 그리스도 신앙의 토착화 기능을 하였다.

1886년에 한국과 프랑스의 수호조약이 체결되어 조선의 천주교 탄압이 해제된 것은 역사의 발전이었다. 그러나 교회 운영이 제도적 행정 아래서 시행되어 감에 따라 지난 시대에 조선의 천주교 신자들이 자생적이고 자발적인 문화 형태로 누려오던 천주가사의 소통 형세는 점차로 축소되어 갔다.

교회 미사 시간의 전례 진행에서 그레고리오 성가와 서양 성가들이 많이 불리게 되었다.

2. 천주가사의 잔존 기능

천주가사는 교리서 대용이면서 4음보 가사문학의 형식을 취하였다. 가사는 문학사 안에서 또 하나의 전통 양식인 시조時調와 함께 고려 말엽에 구전의 형태로 시작되었다. 시조도 4음보격인데 종장의 초두가 3음절과 5음절로 시작되는 규칙을 가지고 있으며, 작품 내용의 통일성 안에서 기승전결起承轉結의 의미 구조를 지니는 특성을 띠어 사회 일반에 보다 원활한 소통력을 가지고 지속되었다.

시조에 비해 가사 장르는 좀 더 서사적 성격을 띠어 내방가사內房歌辭의 경우처럼 은밀한 분위기에서 사연을 풀어가기에 적합하였다. 이 정서적 은밀성과 풀어내는 사연이 길게 이어지는 특성이 천주가사로 하여금 가사문학 형식에 어울리게 하였다. 그러나 시대 상황의 변화에 따라 가사문학은 구한국 시대에 시사적時事的 우국가사로 많이 지어지다가 문학예술로서의 지속이 약화되어 갔다.

천주가사는 교회 사회의 교리서 출판이 원활해지고 미사 전례에서 그레고리오 성가와 외래성가가 우세해짐에 따라 역시 본래의 기능이 약화되어 갔다. 사회적으로도 1895년의 갑오경장 무렵부터 서양과 일본으로부터 들어오는 자유시 형태가 보급되기 시작해 지난 시대에 시가 시조나 가사처럼 정형성에만 의존하던 경향이 약화되어 갔다.

그러나 천주가사는 천주교 신앙이 토착 민요에 수용된 것이 대부분이었다는 특성을 띠고 있다. 진리의 노래가 민간의 심성적 정서와 일치해 있다면 이것은 가사라는 문학적 양식에 꼭 결합되지 않더라도, 어떠한 형식으로든 민족 문화시 안의 한 기능으로 작용할 기능성이 있다. 문학사적으로는 천주가사에서 파생한 기능도 보람으로 수렴하는 것이 바람직하다.

천주가사로부터의 파생이기도 하고 혈연관계이기도 한 이 기능을 보면 첫째로 성가의 가사로 편입된 것이 있고 둘째로 한국 천주교 고유의 신앙 의례인 연도煉禱 또는 위령기도가 있다.

천주교회 사목 활동의 양성화와 신자의 증가 추세는 신자들이 미사 중에 부를 성가들을 정비하게 하였다. 이에 따라 1924년에 현대적 출판물 체재로 『조선어성가』(발행인 민덕효)가 처음으로 간행되었다. 이 성가집에 라틴어로 된 그레고리오 성가들이 실려 있는데 이것은 미사를 집전하는 사제와 성가대가 주로 부르는 것이고 신자 대중의 개창용은 아니었다. 공식 성가집의 간행 이전에는 최양업(도마) 신부 명의를 붙여 엮어진 『노래』라는 책이 신자들 속에서 성가집 구실을 했는데 여기에 실린 노래들이 바로 「사향가」, 「삼세대의」를 비롯한 천주가사들이었다. 그리고 공식 성가집이 간행될 때 이 천주가사들이 온전한 작품 전체로 또는 부분적으로 성가집 안에 수용되었다. 시대가 흐르며 중간되는 성가집들이 서양 성가들의 수를 늘려 갔지만 적어도 거의 100년 동안에 천주가사들이 천주교회의 성가 안에서 민요의 민족적 음색에 실려 불렸다.[6]

이 중에서 천주가사의 원형이 잘 유지된 채로 1980년대 서울 명동대성당에서 민주화를 위한 시국기도회가 열릴 때 애창된 노래가 있다. 그 노래가 「수난기약」이다. 「복자찬가」와 더불어.

    수난 기약 다다르니 주 예수 산에 가시어
    근심 중에 피땀 흘려 성부께 기도하시네

---

6   오숙영, 「천주교 성가 가사고」, 숙명여대 석사논문, 1971, 159~186면 참조.

　　무참하게 끌려가신 거룩한 우리 주 예수

　　뺨을 맞고 발로 채며 조롱을 받으시도다

　　우리 죄를 대신하여 수난하고 죽으니

　　우리들은 통회하여 보속과 사랑 드리세

이 노래에는 군부 독재 병력에 대한 적개심의 선동이 없다. 다만 진리를 위해 순교라도 해야 하는 자기 성찰의 비장한 소명의식 같은 것이 있다. 1987년 6월 10일 저녁, 시민항쟁의 학생 대열이 천주교 명동대성당으로 들어가 철야 투쟁의 진을 쳤다.

이 밤에 사제들은 학생들이 손에 쥐고 있는 화염병과 돌멩이를 땅에 내려놓도록 설득하였다. 그리고 교회의 지도층은 정권에 향해 데모 학생들을 연행하지 않고 안전하게 귀가시키겠다는 보장을 받아냈다. 교회가 전세 버스들을 동원해 학생들의 귀교와 귀가 길 버스에 사제가 동승해 안전을 감시하였다. 이것이 1987년 6월 시민 민주항쟁이었고 명예혁명의 성사였다. 유신 조치로 빼앗겼던 대통령 직선제 개헌을 6월 29일에 이루어냈다. 천주가사의 진리 실현 정신이 한국 현대사의 현장에까지 연결된 것 같은 사례이다.

둘째로 천주가사와 위령慰靈 기도의 관계는 어떠한가. 한국 천주교 신자들이 일상에 가장 충실하고 능숙하게 잘하는 일이 선종한 신자의 장례 진행에 솔선해 나서는 것이다. 교우들이 상가에 찾아가 우선 설치하는 것이 위령 기도인 '연도'의 자리이다. 이 돌봄의 노력은 무덤에서의 하관이 끝나기까지 계속된다. 상제들은 거의 할 일이 없을 정도로 성당의 연령회기 다 맡아서 장례를 진행해 준다. 이 과정에서 민간 상기의 밤

샘 풍속처럼 진행되는 것이 '연도'의 계속이다.

긴 시간 기도를 이어가는 방법으로 '호칭 기도'를 한다. '천주여 망자를 불쌍히 여기~소서 / 그리스도여 망자를 불쌍히 여기~소서'로 시작해 온갖 성인들의 이름을 이어서 부르며 기도한다. 계속 엮어가며 읊조리지만 단순히 평면적이지 않고 느리고 가라앉은 나름의 음조를 지니며 구절의 끝에서는 꺾어 내렸다가 올리는 곡조가 있다.

따라서 연도 「호칭 기도」와 다른 기도들의 악보가 채보되어 있다. 심지어 원래 미사 전례의 기도문인 「영성체송」도 한국의 신자들은 어느 결에 노래처럼 곡을 붙여 읽고 있으므로 경남 김해의 백제순 가창을 채보한 것이 영성체송 가창의 기본이 되고, 이러한 사례가 1958년에 교회 당국에 보고되어 공인이 된 것으로 알려져 있다.[7]

이와 같이 「천주가사」는 한국 전통 문화 속의 독특한 음악적 성정이 천주교의 성가와 상장례 기도문인 연도까지 주체적으로 소화해 소통함으로써 하나의 고유한 문화유산이 되어 있다. 이것이 '천주가사'의 역사적 성격에 대한 재인식이다.

----

7   강영애, 앞의 글, 195면.

제6장

한국 현대문학기의 가톨릭 문학

1. 민족 언어의 신앙 체험－정지용의 시

모국어의 실체

넓은 벌 동쪽 끝으로

옛 이야기 지줄대는 실개천이 회돌아 나가고

얼룩백이 황소가

해설피 금빛 게으른 울음을 우는 곳,

──그 곳이 참하 꿈엔들 잊힐리야.

질화로에 재가 식어지면

비인 밭에 밤바람 소리 말을 달리고

엷은 졸음에 겨운 늙으신 아버지가

짚벼개를 돋아 고이시는 곳,

─── 그 곳이 참하 꿈엔들 잊힐리야.

흙에서 자란 내 마음

파아란 하늘 빛이 그립어

함부로 쏜 화살을 찾으려

풀섶 이슬에 함추름 휘적시던 곳,

─── 그 곳이 참하 꿈엔들 잊힐리야.

전설 바다에 춤추는 밤물결 같은

검은 귀밑머리 날리는 어린 누이와

아무렇지도 않고 예쁠 것도 없는

사철 발벗은 아내가

따가운 햇살을 등에 지고 이삭 줍던 곳

─── 그 곳이 참하 꿈엔들 잊힐리야.

하늘에는 성근 별

알 수도 없는 모래성으로 발을 옮기고,

서리 까마귀 우지짖고 지나가는 초라한 지붕,

흐릿한 불빛에 돌아앉아 도란도란거리는 곳,

──그 곳이 참하 꿈엔들 잊힐리야.

―「향수」

정지용의 이 시 전문을 느닷없이 앞머리에 제시하는 이유가 있다. 이 시 자체가 무언가 힘 있는 말을 하고 있기 때문이다. 이 시에 대해 문학사의 한 단계 사조라든가 형태 면으로 어휘와 율격을 분석하는 방법을 가지고 인식하려 들면 오히려 시가 묻혀 버리고 만다.

정지용은 그의 산문 「시의 옹호」에서 "오직 생명에서 튀어나오는 항시 최초의 발성이어야만 진부하지 않는다"고 하였다. 이것은 신학자 칼라너가 "시는 존재 근원으로부터 오는 살아있는 원초적 언어"라고 한 말과 같은 뜻이다. 「향수」는 독자에게 육화肉化되어 오는 절실함이다.

대체로 1920년대까지는 한국의 자유시가 자연발생적 서정의 읊조림이었다. 그런데 정지용의 「향수」는 가려 뽑고 다듬은 언어가 삶의 구체성과 숨결이 들리는 정과 자연의 아름다움을 종합한 완성의 세계를 담고 있다. 이만한 시를 정지용은 1923년 3월에 잡지 『조선지광朝鮮之光』 65호에 발표하고, 이해 5월에 일본 교토의 도시샤同志社대학 예과에 입학하였다. 이어서 그가 이 대학의 영문과에 진학한 것은 1926년 4월의 일이다. 또한 이해에 정지용은 당대 일본 시단의 대가였던 기타하라 하쿠슈가 주재하던 잡지 『근대풍경近代風景』에 시 「카페 프란스」를 투고해 기성 시인들과 나란히 지면을 차지하였다. 시 「카페 프란스」에는 "나는 나라도 집도 없단다"라는 한 구절이 들어 있다. 기타하라는 자유시와 더불어 일본의 전통시 단카短歌에도 뛰어났으며, 그가 젊었던 시절에는 서정시에 사회의식도 담고 있던 이시카와 다쿠보쿠石川啄木를 잘 이해했었다.

또 정지용은 도시샤대학 영문과에서 윌리엄 블레이크의 시를 전공하게 된다. 그러나 기타하라도 블레이크도 뒷날에는 정지용에게 어느 정도의 영향을 주지만, 정지용이 원천적으로 시 「향수」와 「고향」(1932) 등을 쓴 것은 조선의 시인 정지용 고유의 세계였다.

정지용은 1902년 충북 옥천군 옥천면 하계리下桂里에서 연일延日 정씨鄭氏 태국泰國의 아들로 태어났다. 하계리 집의 바로 울 밖에는 「향수」에서처럼 실개천이 실제로 흐르고 개천의 하류는 들판처럼 보이므로 '넓은 벌 동쪽 끝'이 될 수도 있다. 얼룩박이 황소는 조선 재래의 칡소를 가리키는 것이다.

아직 12세의 어린 나이로 송재숙宋在淑에게 장가들었으나 서울에 있는 처가의 친척 집에서 한학漢學을 공부하다가 1918년 17세 때에 휘문고등보통학교에 입학한다. 시골집이 가난해 학비를 낼 수 없었는데 1학년 88명 중에서 수석의 성적이었으므로 교비를 받아 공부하게 되었다.

이때 휘문고보의 학생들을 보면 정지용보다 3년 선배로 홍사용, 2년 선배로 박종화, 1년 선배로 김영랑, 1년 후배로 이태준이 있었다. 이들은 모두 뒷날 조선 문단의 시인과 소설가로 중진이 된다.

이러한 인적 자원과의 소통 안에서 정지용은 교내의 『요람』 동인이 되고 문예반장과 교지 『휘문』의 편집위원이 되면서 왕성한 시 습작의 한 시절을 보냈다. 또 학생이 아닌 교사 중에 가람 이병기李秉岐가 있었는데 그는 한성사범학교를 졸업한 후 조선의 전통 시가 양식인 시조를 쓰면서 국문학 고문헌들을 열심히 수집하였다. 그는 1921년에 조선어연구회를 개설했으며 더 뒷날인 1942년에는 조선어학회사건으로 일제의 경찰에 구속되어 약 1년간의 옥고도 치루는 인물이다.

학생들 중 정지용과 이태준이 이 이병기 선생을 존경하였다. 제자들은 그 스승에게서 민족 언어와 민족 문화의 소중한 가치를 배웠다. 나름으로 이만한 토양에서 정지용은 일본에 유학하기 전에 이미 시 「향수」를 쓸 수 있는 재질을 닦았다고 볼 수 있다.

정지용이 일본에 유학하는 데에는 또다시 모교인 휘문고보의 재정적 뒷받침이 필요하였다. 그는 유학에서 돌아온 후 모교의 교사로 부임한다는 조건으로 일본에 유학을 갈 수 있었다.

신앙의 길

도시샤대학 영문과에 다니고 있던 1928년 7월에 정지용은 교토의 가와라마치河原町 교회에서 천주교에 입교하는 의식으로 세례를 받는다. 이때의 영세명領洗名은 프란치스코였다. 정지용은 프란치스코의 중국식 표기인 방지거方濟各로 쓰기도 하였다.

정지용이 왜 천주교 신자가 되었을까. 식민지 시대 조선인 학생이 일본에 가서 느끼는 감정은 시 「카페 프란스」에서 표현했듯이 "나라도 집도 없는" 신세 같은 서글픔이고 허전함이었을 수 있다.

그 무렵 도시샤대학에서는 조선의 고대 미술과 문화를 찬탄하던 야나기 무네요시柳宗悅의 영문과 강의가 있었는데 그의 강의 내용은 블레이크의 시였다. "잉글랜드의 푸르고 즐거운 땅 위에 / 우리가 예루살렘을 세울 때까지 / 나는 정신의 싸움을 멈추지 않을 것이며"(김종철) 인간의 불평등을 거부하고 보편적 가치를 지켜갈 것이라고 하는 블레이크의 사상에 대해서도 정지용이 강의를 들을 수 있었다.

영세를 한 직후 정지용은 재일본조선공교신우회 교토지부 서기가 되어 열성적으로 활동하였다.

공교회公敎會라고 하는 것은 개신교와 분별해 가톨릭을 지칭하는 것으로서 그리스도교의 공식적 종가宗家라는 뜻이다. 정지용은 천주교 학생 신우회 활동을 하면서도 이 중심적이고 보편적인 교회의 명분을 강조하였다고 한다.

『윌리암 블레이크 시의 상상력』이란 논문으로 도시샤대학 영문과를 졸업한 정지용은 1929년 9월에 휘문고보의 영어 교사로 부임하였다. 동시에 그는 천주교 종현鍾峴: 명동성당 청년회의 총무 자리도 맡았다. 1933년에는 천주교 전국 5개 교구(만주 연길교구 포함) 연합으로 창간하는 월간 『가톨릭 청년』 잡지의 편집에도 참여하였다. 신학·철학·문학을 망라하고 아트지에 컬러 인쇄까지 하는 이 잡지는 1930년대 사회에서 최고급의 체재였다. 윤형중 신부·장면·장발·이동구·정지용이 편집위원이었는데 정지용은 문학 면 편집을 맡았다.

창간호부터 매월 이어서 문학 면에 등장하는 문학인들을 보면 이병기·정지용·이상·신석정·이태준·김기림·김안서·조운·유치환·김동리·박태원·김소운·이효상 등이 있다. 이만한 문학인들의 동원은 천주교 신자 정지용 시인의 역량으로 이루어진 일로서, 일견 보수적일 것 같은 천주교의 대외적 개방성이 또한 사회적 주목을 받고 호평을 받았다.

『가톨릭 청년』지의 이와 같은 문단적 소통은 구인회九人會를 거점으로 하는 1930년대 문단의 중심 세력에도 활력을 보탰다. 반면에 1930년대 전반기에 계급문학 이데올로기의 경직성과 일제의 탄압으로 와해되어 가던 카프 계열에서 가톨릭교회에 대한 비판이 제기되었다. 이에 대해 정지용이 『조선일보』(1933.8.26) 지면을 통해 해명하였다.

"『가톨릭 청년』은 문예 전문지가 아니요 개인 중심의 잡지가 아니다. 다만 건전한 문예의 적극적 옹호자인 가톨릭교회는 문학인의 좋은 요람이 되어줄 뿐이요, 가톨릭 2,000년간 교양의 원천에서 출발하였노라." (「한 개의 반박」)

"2,000년간 교양의 원천"에서 출발해 과연 『가톨릭 청년』 잡지는 일제하 식민지 조선의 사회 현실에서 무엇을 하고 있길래 정지용은 마치 가톨릭교회의 대변인처럼 나서서 말했던가. 그때 정지용이 가담해 발간하고 있던 『가톨릭 청년』 잡지는 이러한 글들을 실었다. "「가톨릭은 자본주의의 전구前驅인가」, 가톨릭은 자본주의와 협력하지도 않고 공산주의와 결탁한 바도 아니다. 「히틀러 정부하의 가톨릭교회」, 히틀러 치하에서 1,000여 명의 가톨릭 신부가 투옥되었다. 그러나 지옥문이 교회를 쳐이기지 못하리라. 「사회적 정의란 무엇인가」, 가톨릭교회가 전 인간 사회의 행복을 위하여 공헌하지 않는다면 그것은 가톨릭교회의 사멸을 의미하는 것이다. 레오 13세의 말씀을 준봉하여 우리는 불행한 민중을 도와야 한다. 진정한 목자는 전력을 다하여 민중의 생활 투쟁 속으로 들어가야 한다."(1934.11)

이러한 '교양'을 가지고 정지용은 조선의 1930년대 문단에 봉사하는 것이라고 하였다. 그는 『가톨릭 청년』 문예면에 가람 이병기의 「조선어 강좌」를 연재하게 하였다. 당시에는 거의 알려지지 않은 이상李箱의 시를 실었다. 이상의 시는 난해하기만한 것이 아니다. "문을 열어 주려고 하나 문은 안으로만 고리가 걸린 것이 아니라 밖으로도 너는 모르게 걸려 있으니."(「정식正式」) 이처럼 운명의 자기 성찰을 촉구하는 시적 화법으로 참신한 경지를 보이기도 하였다.

1930년대 모더니즘의 터전

   그다음의 필자는 김기림 시인이다. 그는 시인이면서 1930년대 모더니즘 시운동의 창도자 역할도 하였다. 김기림은 1932년에 「시의 방법」이라는 짧은 평론을 『조선일보』에 발표하였다. "자연발생적 시는 한 개의 자인存在이다. 그와 반대로 주지적主知的 시는 졸렌當爲의 세계다. 자연과 문화가 대립하는 것처럼 그것들은 서로 대립한다. 시인은 문화의 전반적 발전 과정에 의식한 가치 창조자로서 참가하여야 할 것이다." 이렇게 모더니즘에 창조성까지 부여해 언급한 김기림은 정지용도 모더니스트라고 하였다.

   19세기 말부터 20세기 초에 걸쳐 산업혁명의 분위기가 유럽에서 목가풍의 자연을 파괴하고 근대 공업사회의 문명을 형성하였다. 그 문명의 바람이 아시아에까지 밀려 들어와 식민지 조선의 문단에서도 모더니즘 시가 추진되기에 이른 것이다. 그 추진이 하나의 시도였다고 하더라도 언어예술로서의 시가 근대적 체질로 발전을 이룬 것은 사실이다.

> 유리에 차고 슬픈 것이 어린거린다.
> 말없이 붙어서서 입김을 흐리우니
> 길들은양 언 날개를 파닥거린다.
>
> —「유리창 1」 서두

> 머언 꽃!
> 도회에는 고은 화재가 오른다.
>
> —「유리창 2」 끝

정지용이 일본 유학에서 돌아와 1930년대 초에 발표한 모더니즘 시로 여겨진다. 예리하고 차가운 감수성과 도회의 풍경이 담겨 있다. 그러나 이것이 모더니즘을 통한 시의 '창조적' 발전인가. 모더니즘 이론가인 김기림 자신의 시로서 대표작인 「기상도」, 「나비와 바다」 등이 얼마나 독자에게 감응되어 오는가 하는 문제가 있다. 김기림은 다시 1939년에 평론 「모더니즘의 역사적 위치」를 썼다. 1930년대 조선의 모더니즘 운동은 역사적 현실에 대한 의식을 결여했고 언어적 감각을 말초화함으로써 자기소모적 차질에 떨어졌다고 반성하였다. 마찬가지로 구미문학에서도 1930년대의 모더니즘 운동은 그것이 주지주의이든 이미지즘이든 문화적 창조의 발전 단계를 이루지는 못하고, 파시즘 세력의 압도적 대두 앞에서 허약한 맨손의 무능력 상태에 놓이게 되었다. 방법상의 진전이라는 것도 보편적 가치 중심이라든가 가치의 순위의식에 무관한 자연주의적 나열의 연장 상태에 불과하게 되었다.

정지용의 시로서 작품적 감응도 위주로 보면 도회문명 의식의 소산이 아니고 「향수」 계열의 작품으로 「고향」(1932)이 오히려 생명의 숨결을 느끼게 한다.

고향에 고향에 돌아와도
그리던 고향은 아니러뇨.

산꿩이 알을 품고
뻐꾸기 제철에 울건만,

마음은 제 고향 지니지 않고

머언 항구로 떠도는 구름.

오늘도 뫼끝에 홀로 오르니
흰점 꽃이 인정스레 웃고,

어린 시절에 불던 풀피리 소리 아니 나고
메마른 입술에 쓰디쓰다.

고향에 고향에 돌아와도
그리던 하늘만이 높푸르구나.

시 「고향」은 채동선 작곡의 노래로도 대중 속에 널리 소통되었다. 「고향」
을 발표하기 전 1930년에 박용철·김영랑과 시문학詩文學 동인으로 활동한
것도 문단적 위상에서 정지용의 비중을 더 키웠다. 그러나 정지용의 1930
년 시 창작 작업 전반은 저조한 인상이었다. 모더니즘도 가톨릭 신앙도 시
자체에는 혈맥을 직결시키는 뚜렷한 기미를 보이는 것 같지는 않았다.

이러한 정황 속에서 정지용의 천주교 신앙 자체가 회의에 다가가는
것은 아니었다. 그의 산문 「시의 옹호」 안에서 보면 그가 시보다도 더 소
중한 차원에 신앙을 두고 있었다. 『가톨릭 청년』 잡지에 신앙을 주제로
한 시를 여러 편 발표하였다.

그의 옷자락이 나의 오관五官에 사무치지 않았으나
그의 그늘로 나의 다른 하늘을 삼으리라.

— 「다른 하늘」 부분

얼굴이 바로 푸른 하늘을 우러렀기에

발이 항시 검은 흙을 향하기 욕되지 않도다

곡식 알이 거꾸로 떨어져도 싹은 반드시 위로!

어느 모양으로 심기어졌더뇨? 이상스런 나무 나의 몸이어!

—「나무」 부분

시 속에 그의 신앙이 녹아있는 부분들이 있다. 정지용은 명동성당 청년회 일을 계속해 회장으로 있었는데 일제의 탄압으로 청년회가 해체되자 그의 신앙은 열정적으로 고양되어 1937년 성프란치스코회 재속在俗 회원으로 입회하였다. 이때 함께 입회해 서울 백동(혜화동)성당에서 착의식에 참석한 신자들은 장면·장발·유홍렬·한창우 등이었다. 이들은 당시에 천주교 신도 중 대표적 인사로서 뒷날에 교회사학자, 경향신문 사장, 지도적 정치인이 되었다. 성프란치스코회는 프란치스코 성인의 청빈과 겸허의 영성을 본받고자 하는 수도회 성격의 단체였으므로 회원들의 신앙심도 깊었다.

정지용은 프란치스코 회원이면서도 시 창작에도 계속 분발해 토착 정서의 언어와 모더니즘의 감각을 융합해 더욱 밀도 있는 작품세계를 구축하고 산문시 형식으로 「백록담」(1939)을 썼다.

가재도 기지 않는 백록담 푸른 물에 하늘이 돈다. 불구에 가깝도록 고단한 나의 다리를 돌아 소가 갔다. 쫓겨 온 실구름 일말에도 백록담은 흐리운다. 나의 얼굴에 한나절 포갠 백록담은 쓸쓸하다. 나는 깨다 졸다 기도조차 잊었더니라.

—「백록담」 끝 연

전설도 지닌 한라산 백록담에 적막과 신비를 담아 내재된 원천적인 힘을 느끼게 한다. 그러면서 여기에서도 영성의 '기도'를 일깨운다. 「백록담」 이후의 작품들이 뒤에 시집 『백록담』으로 출간되었다.

정지용의 일관된 신앙심은 개인적 기복의 경건주의가 아니었다. 사랑하는 인간들의 삶이 있던 고향에의 향수와 그의 모더니즘 초기 시 「카페 프란스」에서 토로한 '나라 없는 나'의 슬픔이 어울린 사회의식과 민족의식이 희구하는 인간적인 삶과 인간 평등의 보편적인 진리를 잊지 못하는 것이 그의 신앙이었다.

1937년 1월 1일 자 『조선일보』의 문학문제 좌담회에서 정지용 시인이 말하였다. "대성大成을 하려면 아무래도 신변잡사身邊雜事 같은 것을 그리는 것보다는 사회적 관심이나 민족적 사실에 대해서 큰 관심을 가져야겠지요. 따라서 정치나 경제나 모든 사회적 사실에 대해서 관심이라는 것보다 패션(정열)을 가지는 것은 문학의 덕德일 듯합니다."

정지용은 사회적 관심과 민족적 사실에 대해 직설적으로 표현하지는 않고 정신의 내면에서 형상화하는 과정은 거쳤지만 무의식적 소시민의 삶과 문학의 감상적 작업에 떨어지지는 않았다. 이러한 의식과 품위의 차원에서 그는 문예지 『문장』의 신인 작품 심사위원으로 시 분야를 담당하였다. 『문장』의 소설 분야 신인 작품 심사는 이태준이 담당하였다.

『가톨릭 청년』에서도 『문장』에서도 가람 이병기는 조선어 강좌를 연재하였다. 이병기·정지용·이태준은 문단에서 '문장 3인방'이라는 말을 들으며 조선어 문장의 질과 혼을 지켰다. 이태준의 소설도 「돌다리」, 「영월 영감」, 「사냥」 등 민족의 근기를 지니는 인간형들을 그려 내었다.

정지용은 한국 현대문학사 안에서 1930년대로부터 1945년의 해방 이후에 이르기까지 폭넓은 문단 활동을 하였다. 격월간 동인지 『시문학』에서 박용철·김영랑·변영로·신석정 등과 동인으로 활동했으며『가톨릭 청년』 문예란에 1930년대 문단의 대표적 문학인 집합체인 9인회의 시인·소설가 들의 원고를 청탁해 실었다. 『문장』을 통해서 신인들을 배출했는데 박두진·조지훈·박목월 등을 발굴해 이들이 뒤에 합동시집『청록집』을 발간해 청록파靑鹿派로 불리게 된다. 청록파 세 시인은 자연에 바탕을 두고 정갈한 언어로 민족의 전통 정서를 표현했으며 기독교적 부활 의지를 담기도 하였다. 이들은 각기 정지용의 영향을 다분히 받았으며 일제의 압제하에서도 지조를 훼손한 일이 없어 해방 후 한국 문단의 중심적 위치를 차지한다.

정지용은 일제 말엽에『문장』지가 일제의 한글 탄압으로 폐간되자 거의 시 작업을 하지 않고 경기도 부천 소사素砂 마을로 이사해 천주교 공소公所 : 간이 성당의 신자로 신앙생활에 열중하였다.

분단의 십자가를 지고

1945년 일제의 억압에서 해방되자 정지용 시인은 이화여자전문학교(뒤에 이대) 교수가 되고, 중국 상해 임시정부 요인들의 귀국환영회가 열린 명동성당에서 축시를 낭송하였다.

백성과 나라가

이적夷狄에게 팔리우고

국사國祠에 사신邪神이

오연傲然히 앉은지

주검보다 어두운

오호 삼십육년!

그대들 돌아오시니

피 흘리신 보람 찬란히 돌아오시니!

허울 벗기우고

외오 돌아섰던

산아! 이제 바로 돌아지라.

자위 잃었던 물

옛 자리로 새 소리 흘리어라.

어제 하늘이 아니어니

새론 해가 오르라.

그대들 돌아오시니

피 흘리신 보람 찬란히 돌아오시니!

밭이랑 무늬우고

곡식 앗아가고

이바지하올 가음마저 없어

금의錦衣는 커니와

전진戰塵 떨리지 않은

융의戎衣 그대로 뵈일 밖에

그대들 돌아오시니

피 홀리신 보람 찬란히 돌아오시니!

사나운 말굽에

일가 친척 흩어지고

늙으신 아버지, 어린 오누이.

낯 서라 흙에 이름없이 굴으는 백골!

상기 불현듯 기다리는 마을마다

그대 어이 꽃을 밟으시리

가시덤불, 눈물로 헤치시라.

그대들 돌아오시니

피 홀리신 보람 찬란히 돌아오시니!

—「그대들 돌아오시니」

　　정지용의 이 임정 요인 환영 축시는 1946년 1월 『혁명』 1호 지면에 실리었다. 시의 스승인 정지용이 오랜만에 격해서 쓴 이 시는 서툴러 보인다. 그러나 그의 글 「시의 옹호」에서 "최초의 발성" 같은 것이 시라고 했듯이 생명에서 터져 나오는 흐느낌을 이 시가 담고 있다. 특히 국내의 동포들은 피 홀리신 임정의 애국자들이 전투복 융의를 그대로 입고, 발 앞에 흩뿌려진 꽃을 밟으며 돌아오는 것이 아니라 가시덤불을 눈물로 헤치며 돌아오는 것으로 보고 있다. 이것이 그들의 장한 모습이며, 이것이 그들의 실세 모습이라는 이 생각은 그들에 대한 최고의 경의이며 사랑이다.

그러나 1945년 당시부터 이미 한반도에 예상 못한 역사 현실이 조성되어 갔다. 제2차대전 참전 연합국 정상들이 1943년 11월에 이집트의 카이로에 모여 선언하였다. 제2차대전에서 일본이 패전하면 한국은 완전히 독립된다고 특별조항을 두어 선언했었다. 그 뒤 1945년 2월에 열린 알타 협정에 소련이 참여하면서 한반도의 북위 38도선을 미국과 소련의 군대가 진주해 주둔하는 경계선으로 삼게 되었다. 세계 최강의 양대국 외세가 진주함에 따라 한반도의 정세가 남북 분단의 길에 들어섰다.

정지용의 상해 임정요인 환영 축시에 대해서도 벌써 부정하고 나서는 일부 세력이 대두하였다. 남한 내부의 단독정부 추진 세력은 인적 자원 이용의 전략으로 일제하 반민족 친일 경력이 있는 인사들에 대한 규제를 풀었다. 그것이 이승만 대통령의 반민특위 해체 조치였다. 여기에서 정지용 시인은 가치 질서에 대한 갈등을 느낀다. 천주교회가 운영하던 『경향신문』의 주간 자리도 사퇴하고 이화여대 교수직도 사퇴한 후 녹번동 한 초가에서 은둔하였다.

이 무렵에 함경남도 덕원의 베네딕토 수도원에 가 있던 차남이 수도원을 나와서 집에 돌아온다. 어느 시인은 이 차남의 성직자 지망이 좌절되어 정지용 시인이 천주교에 대해 실망했다고 한 것이 있다. 그러나 이것은 잘못 인식한 것이다. 덕원의 천주교 베네딕토 수도원은 북한 정권의 조치에 의해 폐쇄되고 신부들은 어디론가 연행되어 돌아오지 못하였다. 그들은 순교의 길로 간 것이다. 신학생은 수도원을 나와서 남한의 고향 집에 돌아오게 되었다. 그것은 수도원이나 교회의 의사도 아니고 잘못도 아니었다.

결과적으로 정지용 시인은 분단의 현실 자체에 상심하였다.

8·15 이후에 나는 부당하게 늙어간다.

(…중략…) 일제 시대에 날뛰던 부일문사附日文士 놈들의 글이 다시 보아 침을 배앝을 것뿐이나 무명無名 윤동주가 부끄럽지 않고 슬프고 아름답기 한이 없는 시를 남기지 않았나?

시와 시인은 원래 이런 것이다.

행복한 예수 그리스도에게

처럼

십자가가 허락된다면

—「윤동주, 시집 서」 부분

정지용은 의식하지 못했으나 윤동주는 학생 시절부터 홀로 정지용 시인을 존경하며 그의 흔적을 디디는 마음으로 일본 도시샤대학에 유학했다가 독립운동 죄로 일경에 체포되어 옥사하였다. 시 창작의 실제에서도 정지용의 시세계로부터 많은 영향을 받았다.

정지용은 해방 후 1948년에 간행되는 윤동주의 유고 시집『하늘과 바람과 별과 시』에 서문을 쓰며 윤동주의 시「십자가」를 인용하였다. 정지용으로서도 자신의 여생이 십자가를 지고 가는 것 같았던 것이다. 그는 외세에 의한 민족 분단이 있기 훨씬 전인 1939년에『문장』잡지에 쓴 글「시의 옹호」안에서 하나의 보편적 가치에 일치하는 시를 희구하였다.

"하나로 시에 대진하는 시인은 우수하다. 조화는 부분의 비협동적 단독행위를 징계한다. 부분의 것을 주체하지 못하여 미봉한 자취를 감추지 못하는 시는 남루하다." 이것은 정지용 시인이 하나의 보편적 진리에 지향한 신앙인의 모습이다. 이어서 1950년외 6·25 민족상잔의 전쟁이 발발했을 때 그의 행방은 포화 속에서 알 수가 없게 되었다. 가장 아름다운 민족 언어의 시인이 역사의 십자가를 지고 사라져 갔다.

2. 인간 구원의 주제의식 – 한무숙의 소설

만남의 의미

　작가 한무숙은 문단에 나온 지 45년째 되는 1986년에 회심의 역작으로 장편소설『만남』을 발표하였다.

　이 소설은 다산 정약용과 그의 조카 정하상을 두 축으로 하여 한국 천주교 초창기 신자들의 순교와 박해 속의 삶을 다루고 있다.

　다산은 한국 근대사에서 학문과 사상을 집대성한 대학자이다. 그의 형으로서 조선 천주교의 주춧돌을 놓고 순교한 정약종의 아들이 하상이다. 젊은 하상은 이 땅의 자생 교회에 성직자를 영입하는 운동을 주도하고 역시 순교해 지금 성인으로 추앙받고 있다. 이 두 사람의 생애가 하느님과 그리스도의 진리를 만나서 각자 갈등하고 성취한 것이 무엇인가. 이 주제를 다룬 소설『만남』의 의미는 헤아리기에 벅찬 바 있다.

　다산 정약용도 그의 형 약전·약종과 더불어 요한이란 세례명을 받고 천주교에 입교한 인물이다. 그런데 이 다산은 신앙을 엄금하는 국법 앞에서 배교를 하고 목숨을 건져 귀양길에 올랐다. 그 뒤 다산은 강진 유배에서 돌아온 후 뉘우치고 신앙생활을 하다가 선종한 것으로 달레 교회사가 밝혔다.

그러나 우선 한 가지 생각할 일이 있다. 다산의 경우는 서양 어느 나라 문화권에 살던 이가 그리스도교로 개종했다가 다시 배교를 해 나온 경우와는 다르다고 보아야 할 것 같다. 개종의 의미도 분명치 않았고 따라서 배교의 의미도 분명치 않았을 수 있다.

왜냐하면 그는 동양의 한 지식인으로서 자신이 자라온 문화 토양에서 우주의 주재자인 하느님에 대해 나름으로 뿌리 깊은 인식을 가지고 있었다.

다산은 전라도 강진으로 귀양을 가 백련사의 선승 혜장과 유교의 역학에 대해서도 대화를 나눈다. 다산은 '역학이 다만 음양의 원리를 따지는 수리 논리가 아니라 상제로부터 오는 천명의 소리를 듣는 것'으로 생각하였다.

서양 선교사 마테오 리치가 중국에 들어와 『천주실의』란 책을 쓴 것도 유교의 천명사상이 그리스도교의 하느님에 대한 신앙과 통한다는 취지였다.

이 『천주실의』를 비롯한 한문 서학서들이 조선에 전해졌고 당시 실학 계열 학자들이 서학의 내용을 풀이하고 검토한 글들도 나왔다. 이러한 과정에서 다산은 전통 유교사상 안에 있는 천명의식과 천주교의 하느님 신앙이 상충되지 않는다고 이해했었다.

그러나 굳이 국법이 추궁하니까 그는 목숨을 건지기 위해 배교를 한 셈이다. 이 경우 그의 변절을 굳이 변호하거나 합리화하려고 애쓸 필요도 없다. 그도 한 인간으로서의 약한 존재였으니까.

작가 한무숙은 오히려 다산의 이와 같은 약함과 흠도 인간적인 모습으로 긍정하고 포용한다. 다만 다산은 무모하게 살아남기에만 급급했다기보디 학문과 삶에 대한 보다 큰 의욕과 동경도 가졌을 수 있다.

소설 『만남』 안에는 특별히 약한 인간의 변심에 대한 갈래도 충분히 설정되어 있다. 배신자 유다스의 역할로 권 진사 집 종 승낙종이 그런 인물이다. 장가도 못 든 이 사내 종은 논산에 살던 권 진사의 아내와 어린 딸들이 포졸들의 습격을 받아 피할 때 무서운 배신을 한다. 권 진사 부인은 몸을 더럽히지 않기 위해 절벽에서 떨어져 죽고, 어린 세 딸은 각기 숲 속을 기어나가 거지·고아로 흩어진다.

이러한 악인 낙종에 대해서도 작가는 그 행패의 측은한 동기를 곁들여 놓았다. 권 진사가 원래 양근에 살 때 낙종은 인물 좋은 총각 종이었다. 권 진사에게 시집오는 열네 살 신부의 빼어난 미모에 종 낙종은 흠모와 자탄의 한을 품었었다.

인간의 탐욕은 경황없는 위기에서 자포자기의 악행에 넘어간다. 다산의 약함은 이러한 추잡과는 관계가 없다. 다만 과거에 장원하던 자리에서 정조 임금이 손수 음식을 권하며 총애하던 은혜 앞에서 그의 약한 마음은 배교의 한 동기를 볼 수도 있었을 것이다.

소설의 제목 『만남』은 어떠한 만남인가. 얼핏 생각하기에는 서양으로부터 온 그리스도 신앙과 동양의 유교사상이 만났다는 뜻으로 짐작될지 모른다. 넓게 해석하면 그러한 뜻도 없지는 않다고 말할 수 있다. 그러나 그것이 주된 골격이라면 이것은 하나의 교회사 서적이 될 것이다.

이 소설에는 인간들의 만남이 있다. 배신자 낙종이 다른 죄업으로 병신이 되어 공주 감영에 들어왔다. 이곳에 갇혀 있던 권 진사는 원수인 종 낙종을 오히려 사랑으로 대해 준다. 손수 짚신을 삼아 판 돈을 들여와 낙종의 연명을 돕는다.

무엇보다도 가슴을 저리게 하는 만남은 거지가 되어 헤어진 세 어린 자매들이 다시 만나는 신비에 있다. 특히 무당집 수양딸로 들어간 둘째

딸 세실리아가 일곱 살 때 헤어진 두 살 위 언니 마리아를 발견해내는 순간, 세실리아는 무당이 시루떡에 칼로 十 자를 긋는 데서도 현기증을 느끼곤 했는데 지금 언니 마리아가 천주학쟁이로 형장을 향해 가고 있다. 세실리아는 기꺼이 따라붙어 함께 형장으로 가는 수레에 올라탄다. 사랑도 귀하지만 어쩌면 신비가 더 귀함을 이 장면은 절감케 한다.

만남의 통로 몫은 약종과 하상 부자가 맡는다. 다른 형제들과 달리 어지러운 세속을 초월해 진리에만 열중해 살던 학자 정약종과 그의 아들 하상은 갖은 시련을 이겨내며 숙부 다산에게도 오가고, 멀리 함경도 무산에 유배된 학자 유스띠노 조동섭을 찾아가 글도 배운다.

무엇보다도 하상은 여러 차례 어렵사리 북경을 찾아가 남천주당의 리베이로 신부를 만난다. 자생의 조선 교회, 박해의 피밭에 성직자를 보내달라는 간절한 청을 건넨다. 주교와 로마 교황에게 보내는 같은 요청의 편지도 전한다.

이 편지 글이야말로 강진 유배지에서 다산이 은밀히 다듬어 준 것이다. 이러한 맥락을 일컬어 넓은 지구 위 동양과 서양의 만남, 아니 하느님과 인류의 소통이라고 말할 수도 있을 것이다. 이 경우 이 소설에서 쓰이고 있는 천주교 영세명의 유별남, 요한·바오로·마리아·세실리아·유스띠노 이런 이름들이 오히려 생소하지 않다. 이것이야말로 옛조선과 세계를 만나게 하는 한 매개가 됨 직도 하다. 지금 소설 『만남』을 국외에서 읽는 서양 독자라면 그러한 소통과 친근함에 가슴이 젖어들지 않겠는가.

인간은 '완성'을 위해 일하는 존재이다. 한 인간의 자기완성, 한 사회의 자기완성, 하느님 나라의 완성 외에 더 소중한 목표가 어디에 있겠는가.

다산은 한 학자로서 자기를 크게 완성하는 소명을 띠고 태어난 인간 간다. 그는 자신이 죽은 뒤에 사용하도록 스스로 자기를 말하는 묘지명을 써 두었다. 거기에 자신의 저서 목록이 들어 있다. 경집 232권, 문집 260권, 그리고 "일은 대강 마쳤으니 이제 죽어도 두려울 것이 없다"고 적었다.

다산이 귀양살이를 하던 강진의 옆 고장 해남은 그의 외가 윤씨네가 사는 데였다. 국문학사상 시조의 대가 고산 윤선도의 집안이다. 윤선도는 효종 임금의 사부였던 때가 있다. 그의 집 '녹우당綠雨堂'의 현판은 효종이 직접 써 준 것이다. 이 녹우당에 만 권의 책이 있었다.

다산은 강진에서 해남으로 왕래하며 이 수많은 책을 가져가고 가져오며 학문에 정진할 수 있었다. 이러한 데에 귀양을 간다는 것은 어떤 의미로는 크게 복을 받은 일이다. 그러한 데에서 18년간이나 귀양살이를 하면서 그는 책을 손에서 놓지 않았다. 18명의 총명한 제자들도 길렀다.

또한 밥 시중 빨래 시중들던 질박한 촌부 표씨네와 물에 물이 섞이듯 자연스레 만나 딸도 하나 두고 지냈다. 여인의 손에서는 가난한 재료로도 성찬이 창조되고, 삶은 동경할 만한 것이었다.

귀양에서 풀려 고향 마재 마을에 돌아간 다산은 마을 앞 강 너머에 있는 형 약종의 무덤에 마음 켕기는 시선을 주며 지낸다. 목 없는 무덤이라고도 했지만 거기에 선망과 질투와 회한을 보내며 바라보고 또 바라보았다.

다산은 결국 중국인으로 조선에 들어와 있던 유방제 신부로부터 종부성사를 받고 75세의 생애를 마친다. 다산이 배교를 후회하고 다시 신앙에 귀의해 초연히 수덕을 쌓다가 죽었다는 데 대해 오늘날 학계의 경학 계열에서는 부인하려드는 이들도 있다.

그러나 천주교 신자들의 수선떨지 않고 은밀한 신앙생활은 천주교 성직자와 신자들이 가장 잘 안다. 뒷날 조선 교구에 들어온 성직자 다블뤼의 「비망록」이란 소중한 문헌이 있다. 이 문헌을 받아 보고 서양에 앉아서『한국천주교회사』를 쓴 달레 신부가 있다. 그의 교회사 기록은 다산 정약용의 신앙 회귀를 명백하게 증언해 놓았다.

다만 다산은 죽은 뒤 장례를 간소히 치르라고 유언하였다. 그의 묘는 마재 생가 여유당 뒤 동산에 지금 단정히 자리 잡고 있다. 그의 아내 묘와 함께.

오늘의 가톨릭교회는 각 지역 각 민족의 고유한 문화전통과 생활풍속을 존중한다. 다만 인류의 보편적 진리와 사명을 의식하면서, 교회는 여러 행태의 문화와 만남으로써 서로를 풍요케 한다.

이러한 '만남' 주제를 적절히 곰살궂게, 또 크게 학술적 테두리의 고증을 담아 창작된 이 소설은 한국 문학사의 자산이다.

언제나 장인의식의 문체와 구원의 주제를 다루고 있는 한국의 가톨릭 작가 한무숙은 이 소설『만남』으로써 그의 원숙한 한 경지를 빛나게 성취하였다.

어떤 의미가 되고 싶다

누구나 작가의 길에 들어서는 데엔 운명 같은 절실함이 있겠으나, 한무숙의 경우는 특히 천성적인 작가였다. 전통적 생활 법도로 폐쇄된 삶의 공간에서 시집살이하는 젊은 여성으로서 밤에 홀로 일어나 벽에 종이를 대고 연필로 소설을 썼다. 이러한 작업으로 40여 일 동안에 1,500장 분량을 쓴 것이『역사는 흐른다』였다. 조선조 말에서 해방에 걸치는 민족의 근대 수난사를 씀으로써 이 작가는 출발 단계에서 이미 역사 혐실의 총체성을 감당하였다. 그러면서 이 소설은 민족의 전통 풍속과 언어의 풍요한 곳간을 이루고 있다. 이 자산을 다룬 문체가 또한 장인의식을 느끼게 한다. 한무숙의 소설 세계는 처음부터 이러한 기반 위에서 전개되기 시작하였다.

작가 한무숙은 1918년 서울에서 출생, 어려서 부산으로 이사가 그곳에서 보통학교를 다녔고 부산고녀釜山高女를 졸업하였다. 여고 재학 중에 서양화 공부를 했고, 1935년에는 『동아일보』에 연재되던 김말봉의 장편소설 『밀림密林』의 삽화를 맡아 242회 분을 그린 일도 있다.

일제 말엽인 1942년에 장편 『등불 드는 여인』이 『신시대新時代』의 현상 모집에 당선되었으며, 해방 후에는 1948년에 장편 『역사는 흐른다』가 『국제신보』 현상 모집에 당선되어 본격적인 작가 생활에 나섰다. 그 뒤 월간 『문예文藝』, 『문학예술文學藝術』 등에 계속 작품을 발표했고, 다작은 아니지만 꾸준한 노작으로 일관하였다.

한무숙의 소설이 문단에 예리한 충격을 준 것은 1957년에 발표한 단편 「감정이 있는 심연」을 통해서였다. 이 작품으로 한무숙은 자유문학상을 받기도 하였다.

한무숙의 소설 세계에서 돋보이는 일련의 요소들을 보면 장인의식, 전아한 문체, 애련, 허무, 아픔, 빛, 이런 것들이다. 이 작가의 작품 세계에서 이런 요소들이 강렬하게 작용하고 있다. 「감정이 있는 심연」, 「유수암」, 「어둠에 갇힌 불꽃들」 등은 이 작가의 대표작 급에 드는 작품들인데, 이 작품들 속에서 위 요소들은 하나의 의미 체계와 가치 체계를 형성하고 있다.

「감정이 있는 심연」에서 여주인공 '전아'는 지극히 연약한 정신기질을 지니고 있다. 이 연약함은 유서 깊고 완고했던 집안 분위기의 중압 탓도 있으며, 그럼에도 불구하고 그 조용한 분위기 이면에 추문도 많이 얽혀 내려온다는 사실에서 전아는 충격을 받으며 자랐다. 이 집안 최대의 추문은 아리따운 용모를 지닌 전아의 작은 고모가 행실이 부정해서, 욕된 씨를 지우려다가 철창신세까지 지게 된 사건이다. 과부가 되어 친정에 살고 있는 큰고모는 자기 동생인 이 작은 고모의 죄에 대해 필요 이상으로 가혹하여 집안을 온통 죄의식에 잠기게 한다. 죄의식에 민감한 기독교 집안이란 점이 분위기를 더욱 그렇게 만든다.

죄의 결과를 보여 주어야 한다고 열한 살 난 소녀 전아를 재판정에 끌고 가서, 작은 고모가 푸른 죄수복에 수갑을 차고 재판받으러 나오는 것을 본 전아는 연한 나비처럼, 하늘하늘 힘없이 쓰러져 버렸다.

이성, 사랑, 죄의식, 충격, 이런 것들은 전아가 성장하여 한 청년을 사랑하게 되었을 때 다시 충격이 된다. 이때 전아가 생각한 사랑은 단순한 본능적 사랑이 아니고, 어떤 의미, 어떤 가치였다.

"나두 어떤 의미가 되고 싶었는데 …… 선생님헌테."
"나헌테? 그야말루 무슨 의미지?"
"글쎄, 사랑일 것이라구 생각해 봤어요."

이렇게 된 두 남녀는 무엇에 씌우기나 한 것처럼 청년의 하숙을 향해서 걸었다. 그 길이 끝난 곳에서 그들은 '천당과 지옥'을 동시에 보았다. 그런데 사랑을 마칠 때에도 전아는 "그런데, 다아 지나가 버리구 마는 거지요. 사랑두, 의미까지두"라고 했었으며, 돌아 나오던 길에서 전아가 여자 죄수들을 태운 차를 우연히 발견했을 때 "죄가 무서워" 하며 청년에게로 쓰러졌다.

이 두 번째 충격 속에 이 소설의 매듭이 있다. 전아의 사랑과, 사랑의 의미와, 허무와, 환경이 준 상처가 입는 재차의 타격과, 그리고 무엇보다도 미국 유학길의 비자라는 것이 무용의 것이 되고 만다. 전아는 정신병원에 입원했으므로 그것이 쓸 데 없었고, 청년도 빈천한 가정 출신으로서의 콤플렉스와 허영이 필요로 해서 얻어냈던 그 비자가 전아의 좌절을 보고 나서 역시 쓸 데 없는 것으로 여기게 된다.

전아의 섬약한 기질은 병적일 정도이지만, 그로 인해서 발동되는 감수성은 순도가 짙다. 그리고 사랑하는 전아의 좌절로 인해, 자신이 전에 전아에게 보여 주고 싶었던 어떤 상승된 신분의 표시 격인 비자 또한 헛된 것이 되고 만다. 작품 전체를 통해 말수가 적고 차갑고 신비한 분위기가 일렁이는 그 뒤쪽과 또는 깊이에 숨겨져 암투하는 인간의 마음들을 피부로 느끼게 한다. 그리고 섬약한 젊은 전아가 쓰러지지만 그 쓰러짐은 인습의 억압과 사랑의 가치 사이의 갈등이었으며, 이 아픔을 통해 '비자'라는 일종의 허영의 표상이 힘없이 쓰러져 버린다는 점에 의미의 짙은 여운이 있다.

「유수암」은 1963년에 발표된 중편으로서 이른바 화류항花流巷을 소재로 하고 있다. 즉 노기老妓들의 세계를 다룬 것이다. 소재로 보아 얼핏 대중소설일 법한 인상이 들지만 역시 무게 있는 노작으로서 작가가 인생을 보는 원숙한 경지가 나타나 있다.

서울 변두리 풍치 좋은 계곡에 자리 잡은 청수암과 유수암이라는 두 집, 이 중의 하나는 불제자로서 여승(비구니)들이 도를 닦는 암자이고, 유수암은 불가와 반대되는 집이라 할 수 있는 화류가이다.

그런데 청수암을 향해 올라가는 두 노파의 귀에 혼란이 오니 유수암 쪽에서 독경 소리가 나는 것이다. 이제는 노기의 집에 불과한 지난날의 그 환락가에 실제로 관음경을 읊조리는 노기가 있다. 집 주인이며 역시 노기인 진경의 친구인 홍화가 함께 지내며 수시로 흥얼거리는 소리다.

발심하여 삭발 입산했다가는 얼마를 못 가서 환속하여 다시 화류에 놀곤, 또 마음이 움직여 이번에는 일도—倒 신심信心인 것 같은 인상을 주다간, 다시 젊은 남자에 혹하여 망측한 몰골이 되곤 하는 홍화의 삶이 슬프기만 하였다 …… 느닷없는 발심도 잡스러운 행동도 한가지로 그의 삶의 거짓 없는 표현이 아니겠는가, 그러기에 관음경과 잡가가 같은 입으로부터 엇갈려 나오기도 하는 것이리라.

손자를 안을 나이에 자나 깨나 '사랑 타령'을 하는 홍화와 환속까지 하여 기껏 정했다는 기둥서방이 열세 살이나 손아래이므로 딸 같은 본처에게 알망신을 당하기도 한다. 그러나 사랑이라는 가장 허무하고 믿을 수 없는 것을, 오직 육체로 확인하려고 하는 그녀의 추행은 오히려 여심의 극한을 보여준다고 할 수 있다. 이러한 도량을 가지고 인간과 인생을 이해하는 데에 이 소설의 원숙한 차원이 있다.

실상 기생들은 전제적으로 불운했다는 한을 지니고 있으므로 '사랑'도 안정되고 항구한 것이 되기 힘들다. 기생이 되기까지의 사연은 각자의 경우가 형형색색인 것 같지만 따지고 보면 비슷비슷하다. '가난이 원수'라는 한마디가 공통된 이유가 된다.

아편쟁이가 되어 버린 전라도 기생 산월이는 열 살 때 광대 집에 팔려가 잔뼈가 가무 익히는 데 굵어졌다. 가난이 원인이었다. 아직도 주름을 분으로 메꾸고 술자리에 앉는 경상도에서 온 청향이는 긴 병에 가물거리는 아배의 목숨을 보다 못해, 제 발로 기생 조합 서사네 아낙을 찾았다. 역시 가난 까닭이다. 명기로 이름이 높았던 계월이를 비롯해서 평양 기생은 직업으로 기도妓道를 택했지만 대개는 가난으로 말미암은 곡절 이 있다. 홍화만 하더라도 가난뱅이 미장이 딸이 기생 삯바느질을 맡아 하던 어머니의 손에서 고객인 기생 손에 넘어갔던 것이다. 유혹에 끌려 드는 수도 있다. 경의 경우도 그 것이었다. 하지만 따지고 보면 바닥에 깔린 것은 역시 가난이었다.

그러나 사람으로서 사람다운 본성과 품격은 모든 사람에게 동등하게 있는 것이므로 기생들 속에서도 지조 높은 삶의 모습이 나타나는 수가 있 다. 원래 '유홍'이란 기명을 지녔던 '우이동 아주머니'가 그런 사람이다.

나이 서른에 정을 깊인 우국지사 고산 선생을 도와, 만주로 북경으로 망명한 파란도 겪었다. 고산 선생이 광복을 눈앞에 두고 옥사한 후의 그 녀의 생활은 유발니有髮尼의 그것이었다. 정인이 세상을 버린 것이 갓 마 흔 되던 해니, 청상은 아니었다. 그러나 용색에 남는 아리따움이 청상으 로 보였다. 그 아름다움으로 유발니의 삶을 보낸 것이다. 가난한 민족운 동가가 남긴 것이 있을 리 없어, 생고를 겪어야만 했던 그녀는 거문고 타 던 손에 바늘을 익혔다. 30년을 줄곧 바느질품으로 늙어왔던 것이다. 낙 탁한 사대부집 수절 부인이 흔히 하듯이.

홍화와 우이동 아주머니, 즉 탕녀와 수절 부인은 진경의 유수암에 모 여 앉을 때 모두 다정한 형제 사이가 된다. 이들 속에서 유수암 주인 '경' 은 늘그막의 정인인 한 정객을 그리며 산다. 그 정객이 옥살이를 하고 나 왔는데 경에게는 안부 한 번 전해 오지 않음이 시름이 된다. "저것 보세 요, 언니. 저 물가의 버들이 시들었지요? 물은 변함없이 흐르구 있는데. 허지만 예전 흐르던 그 물이 아니군요." 이것이 유수암의 허무이다. 그 러나 경에게는 허무로만 끝나지 않은 또 하나의 사연이 있다. 경이 젊었

던 시절에 별로 깊은 정도 없는 사내의 아이를 배서 낳은 후 홀로 된 언
니에게 맡겨 키워 왔다. 그 아이가 이제는 장성하여 대학을 나오고 군대
에 나가게 된 대장부가 되었다. 이 아들은 어쩌다 유수암으로 어머니를
찾아와도 '어머니'라고 부르지를 못한다.

> "이 녀석아, 그래 에미란 말이 그렇게두 하기 싫으냐?"
> 그러자 아들이 똑바로 경을 쳐다보았다. (…중략…)
> "난 아무튼 어머니라구 불렀죠. 이모는 애초부터 어머니였지만, 식모두 어
> 머니라구 불렀어요. 친구들의 어머니두 모두 어머니라구 불렀구요. 내겐 어
> 머니가 없었기 때문에 누구나가 어머닐 수 있었어요. 어머니란 말을 그렇게
> 헤프게 쓰구 보니, 여기 와서 쓸 말이 없어졌군요."
> 아들의 눈이 번득거리는 것을 경은 보았다. 그녀는
> "찬호야!"
> 한 마디 부르고 누운 채 한 손을 눈 위에 얹었다.

소설 「유수암」에는 입산, 환속, 우국지사에 대한 절개, 정인에 대한
끝없는 기다림, 아들이라는 혈육이 일깨우는 질긴 인륜의 정 등이 어우
러져 조화를 이룬 하나의 세계가 있다. 이 세계를 그림에 있어 작가는 능
란한 장인의 솜씨를 보였다. 마치 이 소설 속에도 나오는 풍류 예인의 솜
씨를 느끼게 한다.

> "슬기둥 둥 당……뜰
> 가야금 소리는 호소하는 사람의 육성처럼 절원을 담고 구슬픈 계면조界面調
> 로 시작되었다. 느린 그 곡조는 퉁기면 음이 끊이져시 종치럼 여운을 남긴다

…… 풍류란 동양의 음악관이다. 바람과 시냇물 — 자연의 현상으로 보았기에 음악을 풍류라고 한 것이 아니겠는가."

소설 속의 이런 대목처럼 한무숙의 소설은 동양적 인정의 세계를 그려 보인다. 전문적 소양들을 끌어들이고 치밀하고 섬세한 솜씨를 보인다. 한 편의 소설을 위한 이 작가의 취재의 깊이는 한 장인의 자세를 입증해 주고 있다.

장인의식의 불꽃

「어둠에 갇힌 불꽃들」 또한 특수 소재를 다루어 낸 장인의식의 성과이다. 이 소설은 작가가 몇 해 동안의 침묵기를 가진 후 600장 분량의 중편으로 엮어 1976년에 발표한 노작이다. 한무숙의 장인의식은 다른 작품에서도 그렇지만 기법 면을 가리키는 것이다. 기법 외의 주제의식은 별도의 진지성을 지닌다. 「어둠에 갇힌 불꽃들」은 실명한 소경들의 세계를 그린 것이다. 특수 소재인 만큼 이색적 생활 묘사를 하고 있다는 단계에서 멀리 더 나아가 이 소설이 지닌 주제의식은 다분히 종교적인 깊이에 이르러 있다. 교회의 기도문에 '주여, 우리를 불쌍히 여기소서'를 연속하는 것이 있지만, 과연 진실로 불쌍한 처지에서 깨닫는 '행복의 실체'란 사람을 경건케 하고 숙연케 하는 힘이 있다. 눈먼 소녀 안나가 "앞을 볼 수 있는 사람도 불평이 있느냐?"고 묻는 그 물음에 그런 힘이 들어 있다.

어느 날 고아원 앞길에서 큰 싸움이 일어난 일이 있었다. 싸우는 사람들은 서로 한 치의 양보가 없었다. 험한 말을 구정물처럼 퍼부어가며 마구 치고 때리고 차고 밀었다. 눈 먼 고아들은 공포로 떨며 그 모양을 듣고 있었다.

안나가 오돌오돌 떨면서 병호에게 물었다.

"선생님 저 사람들 왜 싸워요?"

"글쎄 생각을 잘 못하는 사람들 같군."

안나는 잠시 망설이다가

"선생님 저 사람들 눈 뜬 사람이에요? 못 보는 사람이에요?"

병호는 어리둥절하며

"보는 사람이지."

"앞을 볼 수 있는 사람이 왜 싸워요? 앞을 볼 수 있어도 불평이 있어요? 무슨 불평이 있어요. 앞을 볼 수 있는데 ……."

맑고 고운 눈에 눈물이 피잉 돌았다.(안나는 소위 청맹으로서, 앞을 보는 사람과 조금도 다를 바 없으면서 보이지 않는다.) 너무나 애처로워 병호는 그녀의 작은 몸을 꼭 껴안아 주었다.

이것은 어린 소녀의 순진한 견해 속에 들어 있는 참으로 엄숙한 행복관이다. 인간은 불행이나 고통 앞에서 패배하고 마는 존재가 아니다. 불행의 고통 속에서 행복의 절실함을 알아내는 힘을 가지고 있다. 이것이 바로 인간이 구원받는 조건이다. 실로 세상에 널려 있는 만상을 볼 수만이라도 있다는 것은 본질적으로 은혜라고 할 수 있다. 본다는 것은 인식한다는 것이고, 인식한다는 것은 소유하는 것으로 될 수 있다. 그런데 인간은 볼 수가 없는 맹인의 경우에도 이 세상을 이 우주를 인식할 수 있으리만큼 위대하다.

대학을 나온 인텔리 맹인 진수는 한 번도 눈으로 볼 수 없었던 하늘에 대해 지극히 풍부하게, 심오하게 인식한다.

큰길이라 앞이 화안하게 트여 있다. 그는 보이지 않는 눈을 위로 들었다. 여전한 암흑 속이지만 한 번도 보지 못한 하늘을 우러러보았다. 잔잔한 가을의 햇살만 느껴질 뿐 아무것도 없다. 파아란 하늘이라고 들었다. 파아란 색 – 어떤 것일까? 물색 같다고 하였다. 물색 – 종잡을 수 없다. 컵에 든 뜨거운 물, 수도에서 쏟아져 나오는 찬 물, 어머니가 세수를 시켜 주던 따뜻한 물, 대야 속에 담긴 물, 언젠가 잘못 만진 하수도의 끈적거리는 물, 친구들과 놀러 가서 손을 씻은 일이 있는 급하게 흐르고 있던 계곡의 시원한 물 – 모두 촉감이 달랐다. 그러나 물은 그의 마음에는 언제나 아름답고 정답고 부드러웠다. 그렇다. 물은 어머니의 손길이었다. 물색 – 파아란색 – 하늘색 – 어머니 ……

"– 아들아 내가 여기 있다. 여기 하늘이 있지 않느냐."

어머니의 인자한 음성이 들렸다. 파란 하늘이 조용히 움직이며 그의 가슴 속 가득히 흘러들었다.

"어머니–"

진수는 소리 없이 외치며 몇 발자국을 옮겼다.

진수는 이런 상태에서 길을 건너다가 차에 치여 죽는다. 이것은 참으로 슬픈 장면이다. 그러나 지극히 슬프고 아팠다 하더라도 진수는 이런 마음의 경지에서라면 구원받았다고 볼 수 있지 않을까.

진수의 아내 정례가 화장품 행상을 하며 지내다가, 맹인의 아내인 신세를 한탄하고, 한때 가출하여 타락한 생활을 하지만, 텔레비전의 '인간만세' 프로에서 회심의 실마리를 찾는다.

쨍쨍하게 내리쬐는 햇살과 눈부신 빛은 은총에 넘치는 광명입니다. 그러나 먹구름 사이로 얼비치는 빛이 더 유난히 밝은 것처럼 불행이 없고 행복만 있다면 진정한 행복은 느낄 수 없는 것입니다. 철상鐵床 위에서 쇠를 다루듯 시련을 겪어 나갈 때 인생은 극복해 나갈 수 있는 것입니다.

정례는 남의 첩 생활을 청산하고 고아가 된 자식들이 있는 집으로 돌아간다. '앞을 볼 수 있는 사람에게도 불평이 있느냐'는 맹인 소녀 안나의 물음은 한국문학에서 찾아보기 힘든 구원의 주제의식이다. 오늘의 한국소설들이 담고 있는 의미가 무엇인지를 때때로 회의하게 된다. 단순한 차원의 인정담, 신변잡기, 세태 고발, 사회 구조의 부조리에 대한 저항, 모두 소설의 한 단면이 될 수 있고, 특히 사회 구조를 문제 삼는 데에서는 이른바 리얼리즘의 작업이 전개되기도 한다. 그러나 그런 속에서도 한 인간의 영혼의 구원이란 문제에까지 깊이 들어갈 수 없다면 이것은 최선의 문학은 못 될 것이다. 인간의 어떤 뿌리 깊은 갈증을 해소해 주는 일은 되지 못할 것이다.

한무숙의 「어둠에 갇힌 불꽃들」이 던진 영적 구원에의 메시지는 대체로 한국문학에서 결여되어 있는 중요한 요소가 무엇인지를 일깨워 준 좋은 본보기라는 점에서 주목할 가치가 있다. 이 작가의 장인의식이 보여 주는 문체에 있어서의 성실성과, 인간 구원에의 주제의식은 높이 평가되어야 할 것이다.

있는 그대로의 소중함

「감정이 있는 심연」에서의 '어떤 의미'라든가, 「어둠에 갇힌 불꽃들」에서 맹인과는 달리 세상을 '볼 수 있다는 것'의 존재론적 은혜, 『만남』에서 죄와 진리가 만나고 모든 진실들의 풍요한 만남 자체가 '구원'의 주제였다. 그리고 이 작가의 또 다른 작품들에서 이 구원의 문제를 더 살펴볼 수 있다.

「생인손」의 주인공 표마리아 할머니는 여든일곱 나이에 성당에 다니겠다고 영세를 했는데 신부는 그 성의만을 보아 교리에 대한 질문도 하지 않았다. 신부는 이 할머니를 좋아하였다. 사람이 늙으면 자칫 뻔뻔해지기 쉽고 수다스럽고 고집스러워지기 일쑤인데 표할머니는 언제나 공손하고 마음을 비우고 있는 것을 느끼게 하였다. 이 할머니가 아흔일곱 나이에 이르러 모처럼 고백성사를 하겠다고 신부를 청하였다. 할머니의 고백은 기구하기 짝이 없는 한 생애의 죄를 몰아서 실토하는 양 격렬한 흐느낌으로 시작되었다.

쉰네는 사직골 정 참판댁의 누대 종의 딸년으로 태어나 언년이라구 불렸사와요. 그 때 종년의 이름은 대개 간난이, 오목이, 언년이, 꽁꽁이라구 했습지요. 간혹 중간에 새 상전을 모시게 될 땐 들어간 달이 그대루 이름이 됐사와요. 오월에 들어가면 오월이, 삼월에 들어가면 삼월이라구 했습지요. 종놈은 장끼, 범이, 개똥이, 바위 따위로 불리굽시요. 천허구 서러운 이름입지요.

이렇게 천한 신분의 여인으로서 자신의 한 점 혈육이 갓 난 딸을 상전의 갓 난 딸과 바꿔치기하는 죄를 저질렀었다. 자식의 대에서나 운명의 극복이 이루어지기를 갈구하는 마음에서. 그러나 그 결과는 뜻대로 되지 못하고 언년이의 딸은 여전히 불운에 떨어졌다. 이 사실에 대해 끝내 누구에게 내색하지도 못하는 늙은 언년이, 즉 표마리아 할머니는 가까스로 흐느낌을 그치고 실패에 감긴 긴 실을 풀어내듯 고백을 시작한다.

…… 할머니의 긴 이야기는 끝났다…… 그 긴 이야기는 분명 영혼의 부르짖음이었으나 죄의 고백이라기보다 한을 토해내는 지극히 토속적인 한숨 같은 느낌이 들었던 것이다…… 신부는 적당한 말을 찾지 못했다. 그는 감았던 눈을 떴다. 마리아 할머니는 앉은 채 졸고 있었다. 주름진 얼굴은 무표정하고 평화로웠다. 한에서도 풀려나고 죄에서도 벗어난 얼굴이었다. 신부는 노파의 머리 위에 성호를 그었다.

"주의 평화가 그대와 함께 ……"

비록 보잘것없는 한 작은 존재로서의 인간이지만 인간이 있는 자리에는 존재의 끝없는 깊이가 있다. 그 존재의 성격이 단순하더라도 그럴수록 거기에는 오히려 말이 필요 없는 의미가 있고 해결이 있다.

「우리 사이 모든 것이……」 The deeper and deeper of everything between us(우리 사이 모든 것이 깊어만 가네). 이것은 작가의 둘째아들 용기가 미국에 머물 때 그리운 어머니에게 보낸 편지의 끝줄이다. 재주 많고 의사로 일하던 이 아들이 미국에서 교통사고로 세상을 떠난 사실을 소재로 한 것이 이 작품이다.

너의 무덤 앞에 서서 존재와 무를 생각한다. 너는 가고 없지만 너의 추억은 가득히 충만해 있다. 너는 '무無'가 된 것이 아니고 '부재不在' 중인 것이다……

'차라리 생겨나지 않았더라면'

하는 생각은 한 번도 한 일이 없다. 존재는 귀하고 모든 것은 있는 그대로 좋은 것이다. 너 까닭에 이 괴로움, 이 아픔을 갖지만 너는 태어나야 했고 많은 추억을 남겨 주어야 했고 어쩔 수 없이 슬픔과 아픔도 남겨야 했다.

아프더라도 전개되어 있는 삶 그대로를 견뎌야 하며, 고통과 죽음은 결코 죄가 아니고 바로 '구원救援'이 비롯되는 구체적 단서인 것이다.[1]

3. 지금 여기에서 영원을—구상의 시

갈라진 조국에서

구상具常 시인은 2004년 5월 11일 85세의 일생을 마치고 작고하였다. 여러 언론 지면이 그의 생애를 가리켜 '구도의 시인'이었다고 보도하였다. 구도, 영원, 본질, 이런 말들을 붙여 그의 시세계를 설명하고자 하였다.

구상의 시에 우선 이러한 수식의 해설을 붙이게 되는 데에는 그럴 만한 이유가 있다. 그는 일생을 가톨릭 신앙인으로서 살아왔다는 위상을 지니고 있다. 종교적 신앙과 문학예술로서의 시 사이는 밀접한 관계가

1　칼 라너, 장익 역, 『일상』, 분도출판사, 1980, 12~13면 참조.

있다. 그러나 그 관계가 비교적 내용적으로 성공하려면 어려운 문제들이 있으며, 그 관계를 진단하는 데에도 진지한 주의가 요청된다.

가톨릭이란 말은 원래 보편적이란 뜻을 띠고 있다. 그런 만큼 좁은 의미의 종파적 교조주의로부터 좀 너그럽게 벗어날 수 있다. 그러나 이런 넓은 의미 때문에 또한 감당하기 버거운 짐을 지는 면도 있다. 구상 시인이야말로 비교적 세상의 넓은 범위에 관여하면서 또 시는 시대로 고수하느라고 고뇌를 많이 한 경우라고 말할 수 있다.

그는 1919년 서울에서 출생하여 네 살 때 부모를 따라 함경남도 덕원이란 곳으로 가서 살게 된다. 그의 부친은 공직에서 은퇴한 연금생활자였는데 가톨릭의 덕원 베네딕토 수도원 일에 참여하기를 위촉받았다. 그의 형도 그 수도원 신학교에서 공부하고 신부가 된다. 구상은 하나 남은 막내아들인데 그마저 신학교에 입학하게 된다.

수도원은 언덕 위의 아름다운 자연 속에 있었다. 고원지대 마식령으로부터 흘러오는 적전강이 수도원 아래 들판을 지나고 원산의 동해 송도원 해수욕장으로 흘러들어가는 광경을 구상은 늘 바라보았다. 강이 바다로 흘러들어가는 것을 보면서 구상은 마음이 후련해지고 해방감을 맛보았다. 구상은 먼 뒷날까지 강에 대한 관심을 지닌다. 강은 꼭 적전강처럼 아름답기만 한 것도 아니다. "하수구를 빠져나온 / 탐욕의 분뇨들이 / 거품을 물고 둥둥 뜬 물 위에 / 기름처럼 번득이는 음란! // 우리의 강이 푸른 바다로 / 흘러들 그 날은 언제일까? // 연민의 꽃 한 송이 / 수련으로 떠 있다."(「강8」) 그래도 강이 바다로 흘러들어가는 것은 해결이고 승화이다.

신학교를 자퇴한 구상은 가정과 주위에서 문제아 취급을 당하게 된다. 그것은 고통이었다. 고통은 그리스도인에게 생소한 것이 아니다. 십자가에 못 박힌 그리스도가 가슴에 창을 받은 고통도 있지 않은가. 구상

은 외로이 배회하다가 밀항하여 일본에 건너가 조선인 날품팔이 노동자
들 속에 섞이기도 한다.

그러면서도 다시 학업을 지망해 한 대학에서 문과에 합격했는데 그는
다시 다른 대학의 종교과로 입학한다. 그 공부 중에는 특히 불교학에 심
취하였다. 교수가 말하기를 불교에서 꼽는 열 가지 죄 중에 '기어綺語'의
죄가 있다고 하였다. 겉만 비단처럼 번지르르하고 속은 다른 '거짓의 말'
이 큰 죄라는 것이었다. 시란 무엇인가. 말言과 절寺이 합쳐서 된 뜻인데
시로써 거짓을 표현하면 안 되겠구나. 학생시절의 이 생각을 구상은 일
생 동안 지키며 이른바 진술형의 시를 썼다. 감수성과 상징으로 화려하
게 들날리는 시를 쓰는데 그것이 전하는 진실한 뜻이 없다면 이것이 '기
어'의 죄가 아닌가 하고 그는 생각했다.

귀국 후 구상은 원산에서 해방을 맞았다. 벗들과 『응향』이란 제목으
로 동인 시집을 간행하였다. 표지는 친구인 화가 이중섭이 그렸다.

동이 트는 하늘에
까마귀 날아

말굽소리
말굽소리
창칼 부닥치어

살기를 띠고
백성들의 아우성
또한 처연한데

—「여명도 1」 부분

『응향』에 실린 구상의 시는 이러하였다. 해방 후 소련군과 미군의 진주, 북과 남의 대립이 빚는 살벌한 현실의 표현이다. 비록 십자가에 달리더라도 거짓을 시로 쓸 수는 없다는 심경으로 풀이될 수 있다. 여기에 북쪽 당국의 응징이 들이닥쳐 구상은 사선을 넘으며 남으로 왔다. 그리고 6·25전쟁이 일어났다. 남한 작가단의 임원이 되어 종군하다가 구상은 인민군 전사자의 무덤을 만들어 준다.

인민군 전사자의 시체를 양지바른 언덕에 고이 묻고 떼까지 입혀준 후 시인은 목을 놓아 울어버린다.

이러한 구상 시인은 자유당 정권 말엽인 1959년에 민권수호국민총연맹에 가담해 반독재 연설에 나섰고, 사회평론집 『민주 고발』을 간행하였다. 그 결과로 그는 8개월간 감옥에 갇히기도 하였다.

그의 갈등과 저항은 계속된다. 1967년 11월에 구상 시인은 베트남 전쟁의 현장에 가 보고 왔다. 그때는 베트남 정부군의 전세가 유리한 편이었고 파월 한국군의 전세도 승승장구하고 있는 상황이었다. 그러나 그가 쓴 시 「월남 기행」에는 이러한 대목이 있다. "오직 느낀 것이 있다면 / 나란 인간이 / 아니 인류가 / 아직도 깜깜하다는 것뿐이다." 그 전장에서 시인은 도덕적 가책만을 느낀 것이다.

거짓을 말하지 못하는 시인의 저항과 보편적 세계의 진실로 향하는 의식의 확산은 절망 같은 데에 이르기도 한다. "내 영혼은 본시부터 / 눈 멀어 태어났는가 / 오오, 무명과 허무의 조우"(「밭일기 29」) 그러나 시인이, 특히 신앙인이 저항과 절망에서 끝날 수는 없는 것이다. 비록 오염된 강물이라도 바다에 들어가는 단계의 해결과 승화, 부활이 있어야 할 것이다.

긍정과 구원

　강이 만나는 바다처럼 넓은 범위의 사람들과 섞이는 구상 시인이었으나 자기대로 지키는 원칙이 있었다. 그것은 십자가의 고행처럼 자기 자신을 절제하기에 엄혹해야 한다는 것이었다. 어떤 인연으로 권력이나 재물에 접할 기회가 있어도 그는 끝내 그것을 피하였다. 그는 다만 시와 더불어 있으려 하였다. 그러다가 1960년대 초에 그는 가톨릭 철학자 가브리엘 마르셀의 사상과 의기투합하게 되었다.

　　　당신은 역사에 대한 거듭된 절망으로
　　　허무의 수렁에 빠져 있는 나에게
　　　삶의 새로운 긍정의 문을 열어 주었습니다.

　　　당신은 육신과 분리되어 있는 나의 영혼을
　　　도로 함께 살게 해 주었습니다.

　　　당신은 나에게 인간은 홀로서이지만
　　　또한 더불어서임을 가르쳐 주었습니다.

　　　당신은 나에게 유한성에 대한 자각이
　　　겸손에 이어져야 함을 깨우쳐 주었습니다.

　　　당신은 나에게 신비가 공허가 아니고

충만임을 깨닫게 하였습니다.

당신은 나에게 한 치를 줄여서 사는 것이

한 치를 초월해서 사는 것임을 보여 주었습니다.

당신에게 나는 내세를 오늘부터 살아야 함을 배웠습니다.

—「모과 옹두리에도 사연이 63」 부분

이 시에 "당신"은 누구인가. 바로 유신론적 실존주의자로 불리기도 하는 철학자 가브리엘 마르셀이다. 자전적 연작시「모과 옹두리에도 사연이 63」에서 구상 시인은 자신이 가브리엘 마르셀과 만나는 계기에 대해 주석을 붙여가며 구체적으로 밝혀 놓았다. 1961년 세상사 번잡을 피해 도망치듯 일본으로 간 구상 시인은 도쿄의 서점 거리 간다의 한 책방에서 가브리엘 마르셀에 관한 책을 발견해 사가지고 숙소에 가서 그 밤을 새우며 다 읽었다는 것이다. 그리고 이 책을 '은혜의 책'이라 하고 마르셀과의 '만남'을 '비의秘義'라고 하며 감탄부호(!)마저 찍어 놓았다.

구상 시인의 특징은 지나치리만큼 자신에 대해 솔직한 것이다. 주의자主義者라는 별명을 지닌 문제아 시절의 날품팔이 노동자의 이력과, 6·25전쟁기의 연작「초토의 시」 안에서 시인이 사창가에 하숙을 정하다시피 하는 장면들, 이렇게 그는 비밀의 고해성사를 굳이 공개하는 모양으로, 벌거벗겨 십자가에라도 달리는 자세로 실토하는 내용을 시로 쓴다. 그리고 그 어두운 방과 골목에도 막달라 마리아, 아기 예수의 석고상, 비에 젖은 마리아상이 있다.

중년의 나이를 넘어서는 무렵 일본의 헌책방에서 우연히 눈에 띤 한

권의 책인들 무어 그렇게 심각한 문제일 것인가. 그러나 구상 시인이 그 것을 '은혜'라고 하고 '비의'라고 하며 주석까지 붙여 그 계기에 감탄하면 과연 감탄할 만한 일이 된다. 그 뒤로 발표되는 구상의 시 「나는 혼자서 알아낸다」, 「말씀의 실상」, 「오늘」 등은 모두 이 '비의'에 연관이 된다.

오늘도 신비의 샘인 하루를 맞는다.

이 하루는 저 강물의 한 방울이
어느 산골짝 옹달샘에 이어져 있고
아득한 푸른 바다에 이어져 있듯
과거와 미래와 현재가 하나다.

이렇듯 나의 오늘은 영원 속에 이어져
바로 시방 나는 그 영원을 살고 있다.

— 「오늘」 부분

이 시 「오늘」과 「모과 옹두리에도 사연이 63」의 비의는 하나로 통하고 있다.

이렇듯 만유일체에 대한 인식이 그의 시인데, 이 인식 방법에 대해 그는 말한다. "상상도 아니요, 상징도 아닌 / 실상으로 깨닫습니다."(「말씀의 실상」) 그러나 그의 시에 과연 상상과 상징이 없는가. 가령 강물이 산골짝 옹달샘과 푸른 바다에 이어져 있는 것을 영원 속의 시간 '오늘'에 견준 것은 상상과 상징이 아니고 무엇인가. 그의 시가 진술형으로 쓴다는 것은 시의 중심이 감수성 쪽에 치우쳐 있지 않다는 뜻으로 이해되어야 할 것이다.

그리하여 얼핏 보기에 평이한 설명체 같은 구상의 시는 한 작품을 다 읽고 나서 종합적으로 느끼게 되는 뜻이 있고 감동이 있다. 감수성과 인식력의 두 방법 중 어느 하나가 전적으로 옳다거나 우수하다고 단정할 필요는 없다. 그것은 시인과 그의 시적 개성에 해당하는 것이다.

그의 시를 읽는 독자의 범위에 대해 구상 시인 자신이 밝힌 말이 있다. 어느 해에 그는 문예지에 8편의 시를 발표한 데에 비해 일반 사회의 지면에 20편을 발표하였다. 모두 청탁으로 쓴 시들이다. 그렇다면 사회적 소통이나 감응의 면에서 구상의 시가 지니는 힘이 그만큼 컸다는 뜻이 될 수 있다. 시가 인간의 삶에 어떤 메시지로써 가치를 부여하는 현상을 생각하면, 구상의 시는 길이 기억되고 음미될 하나의 정신자산이다.

생애와 작품세계의 재조명

구상의 시세계에 대한 평론들도 여러 편 있는데 그중에서 대표적인 것으로는 김윤식의 「구상론」과 이운룡의 『존재인식과 역사의식의 시』가 있다. 이운룡의 위 저서는 구상 시에 나타나는 존재론적 특성과 가톨릭 신앙을 중심으로 논급하였다. 이 경우에 필자로서는 존재론이나 인식론이 철학 범주에 관념적으로 진입하는 것보다 인간의 삶 안에 생동하는 시를 대상으로 이해하려는 데에 노력을 기울이고 싶다. 또 가톨릭 신앙에 관해서도 교회의 신앙 규율보다 진리의 보편성 내지 세계성을 대상으로 하여 이해하고자 한다. 김윤식의 위 평론은 구상의 시가 "한꺼번에 온몸으로 밀고 나가는 전인적全人的" 성격을 띤다고 하였다. 그리고 다른 한

편으로는 이 시인의 표현방법이 "기교를 거부하여 비시적이고 우리가 이 시인의 목소리를 듣기 위해서는 특별한 청각이 요청되는지도 모를 일"이라고 하였다.

구상의 시가 '전인적'이라는 견해에 대해서는 필자로서는 공감하는 면이 있다. 그러나 그의 시가 진술적 언어를 표현방법으로 삼는 경향 때문에 비시적이고 극소수의 사람만이 듣는 어떤 먼 목소리(역사 너머에서 속삭이는 목소리)인지도 모른다고 한 점에 대해서는 다른 견해를 개진할 여지가 상당히 있다. 이것은 시의 '언어'에 관한 주의 깊은 고찰의 과제이다.

이 밖에 구상 시인이 작품의 실제에서는 되도록 드러내려 하지 않았지만 시적 사유라든가 주요한 귀착점에서 나타나는 가톨릭 신자로서의 신분이 지니는 의미에 대해 서설적으로 헤아려볼 필요가 있다. 이 헤아림은 기본적으로 '한국문화와 가톨릭'에 관한 것이 된다. 한국에서 가톨릭의 역사는 자발적 교회 창립 이후 2세기를 경과하였다. 종교적 여건은 구상 시인과 그의 시세계를 이해하는 데에 기초적으로 참고가 된다.

실제에 있어 구상 시인과 그의 시는 문단에 국한되지 않고 일반 사회에까지 널리 알려지고 있는 편이다.

총괄하는 범위에서 보자면 구상의 시가 구현하고 있는 존재의 내면적 의미와 외부 사회 사이의 소통관계, 시의 표현방법으로서 다른 많은 시인들이 쓰고 있는 이미지들과 다른 진술적 언어의 문제, 더 나아가 한국문학과 세계문학의 관계 등을 고찰해보고자 한다.

구상은 네 살의 어린 소년으로서, 위로 하나 있는 형은 수도원에 들어가 있으므로 외아들 격으로 부모와 함께 살았다.

그가 산 마을은 매우 아름다운 농촌이었다. "적전강赤田江 다리 위에 서면 / 사방, 들판이 한눈에 들어오는데 / 북으로는 우거진 수풀 속에 /

가톨릭 수도원 종탑鐘塔, / 발치로는 찰싹이는 동해"(시 「옛날의 금잔디 동산」) 이것이 그 마을이었다. 그의 어머니는 진사 집안의 딸로서 글에 능했으므로 소년 구상은 어머니로부터 『천자문』, 『동몽선습』, 『명심보감』을 배웠고, 또 어머니가 읽던 『삼국지연의』, 『수호지』, 『옥루몽』과 신소설 책들을 일찍부터 접하게 된 데서 그가 문학의 길에 들어서게 한 영향을 입었다고 한다.

덕원 마을은 산과 강이 아름다웠는데 소년 구상은 강을 더 좋아하였다. "내 집에서 가까운 가톨릭 베네딕또 수도원 뒷산은 숲을 잘 가꿨을 뿐 아니라 명상의 산책길을 산허리를 둘러가며 마루까지 닦아놓아 마치 선경이었건만 나는 어쩐지 그 속에 들면 수도원 울 안에 봉쇄된 느낌이어서 답답했습니다.

그 대신 마을 앞 들판을 마식령산맥으로부터 유유히 흘러와 맞닿은 송도원 바다로 흘러가는 적전강을 바라보면 마음이 후련해지고 해방감을 맛보곤 했습니다."(「강, 나의 회심의 일터」) 이것이 어려서부터 해방감과 자유혼을 추구한 그의 정신적 기질이었던 것 같다. 그가 열다섯 살에 형처럼 신부가 될 양으로 수도원에 들어갔다가 3년 만에 뛰쳐나오고 만 것도 이 해방감의 추구 탓이었을 것 같다. 수도원에서 나온 그는 "일반 중학으로 전입했으나 퇴학을 당했으며, 문학을 한답시고 고향의 소위 불령선인不逞鮮人들과 어울려 다니며 유치장 신세가 일쑤고 하니 어느새 스물 안짝에 교회에선 이단아요, 가문에선 불효자요, 마을에선 '주의자主義者'가 되었다는 낙인이 찍히고 말았다. 당시 속칭 '주의자'란 말은 사상가라는 뜻보다는 그 사람 버렸다는 뜻이 더 농후한 것이었다." 그 뒤 그는 몸 둘 곳이 없어 고향을 떠나 노동판 인부 노릇도 해보고, 모든 악의의 눈초리로부터 좀 더 멀리 벗어나기 위해 일본으로 밀항하게 되었다.

　이러한 일련의 과정이 비록 그가 아름다운 고장에서 자라났지만 반항아가 되고, 모든 불행한 사람들에 대해 너그러울 수 있게 된 계기였다. 일본 동경에서도 망국민의 설움과 방랑자로서의 고독을 뼈저리게 느끼면서, 메이지대학 문예과 합격을 물리치고 니혼대학 종교과로 입학하였다. 이와 같은 선택은 비록 그가 반항했다지만 이미 정신생리 깊숙이에 인간존재에 대한 근원적인 물음과 종교적 회심의 뿌리를 질기게 가지고 있었음을 말해 주는 것이다. 또한 그가 진심으로 취택하는 것은 '문학'이었으나, 시를 위한 시로서 자기소모에 그치는 것이 아니고 그 이상의 어떤 구원 같은 것을 희구하는 시인으로서의 자세를 길러 나아가기로 결정한 것이었다고 보게 된다.

적군 묘지 앞에서

　시인 구상은 그의 시 창작 생애가 이미 중반에 접어든 때였으나 새삼 가톨릭 철학자인 가브리엘 마르셀에 심취하였다. "인간은 누구나 삶의 보람을 찾고 있습니다. 가브리엘 마르셀의 용어를 빌면 '실존적 확신' 속에 살고 있습니다. …… 새로운 삶의 보람에 대한 추구와 제시, 좀 더 구체적으로 말하면 내가 나 자신을 빼앗기고 있고 내가 나 아닌 상태에서 벗어날 수 있는 그 길은 무엇일까? 하는 물음과 그 해답인 것입니다. 즉, '잃어버린 자아'에 대한 재확립인 것입니다."(「실존적 확신」) 마르셀과의 만남 이전과 이후에 관통하면서 구상 시인이 즐겨 쓰는 말은 '인간 존재' 또는 '실재'의 의미와 가치를 추구해야 한다는 것이다. 그런데 같은 취지를 더욱 강조하는 것이 '실존적 확신을 위하여'이다.

가브리엘 마르셀은 1929년 40세의 나이로 가톨릭에 귀의한 이로서 대개 '유신론적 실존주의자'라고 알려져 있다. 그가 '실존'이란 말을 써서 그렇게 불리게 된 것이겠는데 마르셀 자신은 실존주의자로 자처하지 않았고 더 뒷날에는 자기가 실존주의자가 아니라고 주장하기도 하였다. 같은 맥락에서 구상 시인이 마르셀의 말을 풀어서 "잃어버린 자아의 재확립"이라고 한 것이라든가, "삶의 보람에 대한 추구"라고 한 말이 시와 연관하여 더 적절하다.

시인 구상의 생애 편력은 격동이 심하고 예사롭지 않은 특성이 있다. 해방 직후 북한에서의 시집 『응향凝香』 필화 사건, 월남 후 6·25전쟁을 겪고 쓴 시 「적군 묘지 앞에서」의 울음, 사회시평집 『민주고발』의 판금과 투옥, 시 「월남(베트남) 기행」에 드러낸 회의와 부정, 이러한 일련의 작업과 행동은 현실 영합에 대한 거역의 연속이다.

이와 같이 거부하는 자세의 동기에 대해 구상 시인 자신은 다음과 같이 말하고 있다. "나의 역사의식이 어떤 현실적 당위성에 영합과 추종을 일삼지는 않았고 최소한 그러한 것을 가장 두려워하고 경계해왔음은 확연히 말할 수가 있다." 여기에서 '당위성'이라고 말한 것은 세속에서 흔히 그렇게 되어가기 마련인 추세를 가리킨 것이다. 과연 구상은 어떻게 추세 영합을 거부해 왔던가.

동이 트는 하늘에
까마귀 날아

말굽소리

말굽소리

창칼 부닥치어

살기를 띠고

백성들의 아우성

또한 처연凄然한데

—「여명도 1」 부분

이것이 1945년의 8·15해방 후 국토가 남북으로 분단되고 북한에는 소련군이 진주한 가운데 공산주의 획일 체제가 추진되고, 문화적으로는 사회주의 건설에 대한 찬양만이 요청되던 상황에서 구상이 시집 『응향』에 발표한 작품이다. '까마귀'는 한국 민속에서 당연히 불길한 조짐이다. 창과 칼이 부딪히고 백성들의 아우성이 인다는 것은 서로 적대되는 남북 체제 사이에 결국 닥쳐올 전쟁에 대한 예감으로 풀이될 수 있다. 이러한 시에 대해 1947년 1월 북조선문학예술총동맹이 가혹한 규탄에 나선 것은 그야말로 당위적 추세였다. 즉, 동인시집 『응향』은 "북조선 현실에 대한 회의적·공상적·퇴폐적·도피적·절망적·반동적 경향을 가졌다"는 것이었다. 구상은 북한 당국의 추궁과 박해를 피해 월남을 결행하였다.

이러한 그가 1950년에 결국 일어나고 만 6·25전쟁에서 남한 국군의 종군 시인으로 복무한 것은 당연하다. 그런데 그가 쓴 시는 어떠했는가.

오호, 여기 줄지어 누웠는 넋들은

눈도 감지 못하였겠구나.

어제까지 너희의 목숨을 겨눠

방아쇠를 당기던 우리의 그 손으로

썩어 문드러진 살덩이와 뼈를 추려

그래도 양지바른 두메를 골라

고이 파묻어 떼마저 입혔거니

죽음은 이렇듯 미움보다도 사랑보다도

더욱 신비스러운 것이로다.

살아서는 너희가 나와

미움으로 맺혔건만

이제는 오히려 너희의

풀지 못한 원한이

나의 바램 속에 깃들여 있도다.

—「적군묘지 앞에서」 부분

남쪽 종군 시인에 의해 무덤에 고이 묻힌 그 북쪽 공산군 병사의 '풀지 못한 원한'은 무엇인가. 강대국 외세들과 이데올로기적 대결에 의한 약소국 한국 민족의 애꿎은 동족상잔이다. 또 이 비극 그 자체보다도 삶을 넘어서는 '죽음'이라는 것에 대한 엄숙한 묵상도 이 시에 곁들여 있다.

전쟁이 끝나가는 무렵부터 시인 구상은 후방 도시 대구에서 신문기자로 민주주의의 가치를 북돋우는 일에 들어선다. 당시는 제1공화국의 이승만 정권이 독재를 위해 불법을 자행하던 상황이다. 구상은『영남일보』주필,『대구매일』고문 등을 거치면서 정권의 반민주적 횡포들에 대해 규단하는 논설들을 발표하였다. 이 과정에서『민주고발』이라는 제목의 사회시평집을 출간하였다. "나는 천주교 신자다. 구제 원리에 회의가 없는 나를 고민시키는 것은 생활양식의 문제다. 즉, 역사적 양심을 어찌 만족시켜 가느냐 하는 것이 나뿐이 아니라 현대 지성들의 과제일 것이다. …… 조국이란 나의 의식 속에서는 어머니보다도 더 비참하게 소중한 것이다." 이것이 『민주고발』에 붙인 작자의 말이다. 이 책은 정부 당국에 의해 판매 금지 조치를 당하였다.

구상은 여기에서 그치지 않고 1959년 봄에 '민권수호국민총연맹'이라는 민주화 운동 단체에 가입하고, 전진한·엄상섭 등 야당 국회의원들과 함께 정치 강연에도 나섰다. 이 결과로서 그는 정부 수사기관이 조작한 이른바 '레이다 사건'(북한에 첩보병기를 밀송하려 했다는 혐의)에 의해 구속되고 법정에서 15년형을 구형받았다. 이 법정에서 구상 시인은 "조국에 모반한 죄목으로 유기징역을 사느니보다, 사형이 아니면 무죄를 달라"고 최후 진술을 하였다. 그리고 그는 6개월을 억류된 뒤에 완전 무죄 판결을 받아 석방되었다. 이러한 사건은 그의 시 작업 자체는 아니다. 그러나 시인이 수난의 조국 현실에서 역사의식을 가지고 양심과 지성에 부끄럽지 않으려고 가능한 최선의 표현으로 행동을 취했을 때 그것은 결코 시에 못지않을 뿐 아니라 어쩌면 그 이상이라는 평가를 받을 만하다.

그 뒤 1960년대 중엽에는 한국 현대사에 착잡한 갈등의 문제가 발생하였다. 그것은 한국군이 베트남 전쟁에 가담한 일이었다. 남한으로서는 6·25 한국전쟁 때 미국을 필두로 한 유엔군의 지원을 받아 북한 공산군의 남침을 막아냈다는 역사적 연관을 지니고 있다. 그런데 이번에는 베트남 반도에서 공산화의 위협이 팽배하는 전쟁이 일어났다. 이 위협에 대응하는 지향에서 미국이 이 전쟁에 가담하고 형식적으로는 모두 7개국이 미국과 연대하여 이 전쟁에 파병을 한 셈이었다. 그러나 일찍이 서구의 식민지로 전락했다가 민족 독립의 과업으로 외세를 배격하는 베트남 반도의 상황에는 독특한 도덕적 기류가 조성되어 있었다. 여기에 한국군이 외세의 일원으로 참전을 하게 되었다. 한국인들은 전통적으로 평화를 사랑하는 민족으로 자처한다. 먼저 남의 나라를 공격한 사례가 없다는 것이 그 논리의 근거였다. 그런데 한국전쟁 때의 빚을 갚는다는 형식적 구실을 앞세웠지만 한국군이 남의 나라인 베트남에 군대를 파견하다니 정서적으로나 도덕적으로나 착잡한 갈등을 불러일으켰다. 그러나 젊은 학생들의 반대 시위를 제외하고는 이 파병에 뚜렷이 반대하는 움직임이 없었다. 이때에 시인 구상이 베트남에 가보고 돌아와 「월남 기행」이란 제목으로 시를 발표하였다. 시종 착잡한 회의로 전개된 그 시에는 다음과 같은 행들이 자리 잡고 있다. "오직 느낀 것이 있다면 / 나란 인간이 / 아니 인류가 / 아직도 깜깜하다는 것뿐이다." 이때는 1967년 11월로서, "자유 월남 정부군에게 전세가 유리하고 더구나 파월 한국군은 승승장구하고 있었다"는 시인의 주석이 작품 끝에 붙어 있다. 전세가 이렇게 유리한데, 한때 북한에서 필화사건으로 공산 체제 박해를 피해 월남한 구상 시인이 자신의 모습이나 인류의 모습이 어둡게만 보였다는 「월남 기행」은 무슨 뜻인가.

세속의 적군인 북한 인민군의 묘지를 만들어 주고 그 앞에서 목을 놓아 울었다는 시 「적군묘지 앞에서」와 마찬가지로, 베트남 상황에서도 구상 시인은 통속적 당위의 추세에 영합하거나 추종하지 않고 오히려 거역하는 양심을 보인 것이다.

왜 이처럼 근원적인 양심에 집착해 구상 시인은 남들이 흔히 안 하는 일을 저지르고 때로는 사선을 넘고 때로는 투옥을 당하면서 고투하는가. 그것은 바로 잘못된 역사의 현실에서 '잃어버린 나를 찾기 위해서'인 것이다

(이것이 가브리엘 마르셀류의 다른 표현으로는 '실존적 확신을 위해서'라는 것이다).

그리하여 시인이 끝내 추구하는 것은 체질적인 반항아로 거역을 위해 거역하는 것이 아니다. 오히려 진실과 평화 안에서 사람이 사람답고 자연이 자연다운 상태에 돌아가고자 하는 것이다. 이와 같은 귀착점이 바로 구상 시인의 「밭 일기」와 「강」 연작이다. 진리와 영원을 향한 신앙의 차원은 별도로 하고 구상 시인의 인간적 원형질은 바로 그의 고향인 아름다운 농촌 덕원 마을에서 형성된 그대로라고 보게 된다. 그의 「밭 일기」 연작의 단서는 필자가 보기에 다음과 같은 대목이다.

나는 곧잘 "사람이 공기나 물만 마시고 산다면 얼마나 좋을까?" "온 세상 내 것 네 것 없이 골고루 잘살기 위해선 돈이란 것은 없애야 한다"느니 또는 "잠자리는 날 때부터 안경을 썼고나" "염소의 뱃속에는 기계장치가 있어 그 똥이 검정 콩알처럼 동글동글하게 되어 나온다"라는 등 어쩌면 어린이들이 다 함께 갖는 공상이나 의문이지만, 나는 그런 것을 너무나 수월하게 현실화하여 천진하게 써내기도 하고 이야기도 만들어냈기 때문에 웃음의 대상이 되었던 것이다.

이것은 구상 시집 『말씀의 실상實相』(1980) 후기에 나오는 시인의 회고담이다. 구상 시인은 소년 시절 자신의 그 천진이 사람들에 의해 웃음의 대상이 되었다고 했는데, 그 웃음은 조롱이 아니었다고 이해할 필요가 있다. 오히려 자신들은 미처 깨닫지 못한 그 가능한 상상에 대한 경탄이었던 것이다.

이 시인이 1960년대 후반에 발표한 역작 「밭 일기」 연작도 실상 소년 시절 그 고향 농촌에서의 천진성에 뿌리박은 것이다. 이 「밭 일기」를 그는 폐 수술을 위해 일본에 가서 병원에 입원해 있던 무렵에 썼다. 그 연작 4에서 보면 "수수전 같은 소똥, / 국화만두 같은 닭똥, / 조개탄 같은 돼지똥, / 생굴 같은 닭똥, / 검정콩 토끼통, / 분꽃씨 쥐똥, / 염소똥, 당나귀똥, / 여우똥, / 똥이란 똥이 / 온 밭에 널려 있다." 이렇게 되어 있다. 이러한 상상과 묘사가 그 일본 땅 병원에서 어떻게 가능하겠는가. 그것은 소년시절 고향에서 생생하게 인식한 동글동글한 염소똥에 이어지는 인식이다.

> 누워
>
> 보는
>
> 하늘
>
> 높고
>
> 깊고
>
> 넓고
>
> 무한

—「밭 일기 32」

끝내 이 연작은 밭에 누워 있는 편안함에 대위를 이루는 하늘의 절대함과 영원에 귀착된다.

그의 「강」 연작도 소년시절 고향의 적전강이 원산 송도원 바다로 흘러드는 것을 보고 마음이 후련해졌었다는 데에 맥을 댄다. 강은 적전강처럼 아름답지 않을 수도 있다. 오염된 세상살이처럼 칙칙할 수도 있다. "하수구를 빠져나온 / 탐욕의 분노들이 / 거품을 물고 둥둥 뜬 물 위에 /

기름처럼 번득이는 음란! // 우리의 강이 푸른 바다로 / 흘러들 그날은 언제일까? // 연민의 꽃 한 송이 / 수련으로 떠 있다."(「강 8」) 결국 강이 바다로 흘러 들어가고 나면 문제가 해결된다. 오하일미五河一味 소금의 바다, 진리의 바다에 합쳐지는 것이다.

구상 시인은 강을 "나의 회심回心의 일터"라고 부른다. 「밭 일기」에 이어 완성해야 할 과업으로 생각하고 있다. "나의 상념은 강을 통하여 역사에 대한 낙관을 획득합니다. 즉, 우리의 오늘의 삶이 아무리 연탄 빛 강으로 흐르고 그 오염이 징그럽게 번득이더라도 언젠가는 푸른 바다에 흘러들어 맑아질 그 날이 있을 것을 나는 믿고 바라는 것입니다."(『실존적 확신을 위하여』) 이리하여 밭도 강도 편안한 자연으로서의 위상을 확인한다. 그리고 밭은 깊고 무한한 하늘을 바라보고, 강은 진리의 바다로 흘러들어간다. 결국 자연은 자연답고, 그 안에 사는 사람은 사람답기를 확인하려는 시적 주제의 작업인 것이다. 이 작업을 위해 구상 시인은 통념에 영합하기를 거역하며 고된 역사의식으로 도전하고 초탈하는 역정을 거쳐 온 것이다.

진리와 신앙의 문을 열고

자연을 지키고 인간답기를 추구하는 구상의 시에는 또한 그 추구를 가능케 하는 받침목이 있다. 그것이 종교적인 신앙이다. 밭이 바라보는 하늘도 강이 흘러드는 바다도 이 신앙에 연결이 된다. 그런데 신앙의 면에서도 구상은 특정 종파의 규범적 독단(도그마)에 영합하여 빠져들기를 거부한다. 그는 어머니 태중에서 이미 세례를 받아 운명적으로 가톨릭 신자임을 스스로 긍정한다. 그러나 그 긍정에 이르는 과정은 결코 순순한 추종이 아니다. 그 끝이 비록 어렵사리 긍정에 귀착되더라도 출발은 전면적인 '무無'에서 비롯된다.

> 내 영혼은 본시부터
>
> 눈멀어 태어났는가?
>
>
> 날이면 날마다
>
> 전신의 눈알을 죄다 밝히고
>
> 너 하늘을 쳐다보지만
>
> 오오, 무명無明과 허무의 조우遭遇—

—「밤 일기 29」

여기에서부터 그는 시작한다. 그런데 이 경우 그의 어두움과 허무도 그것이 단순히 감각적인 감상을 뜻하는 것이 아니다. 그는 일본대학 종교과 시절에 승려 출신의 여러 교수 밑에서 불교학 강의를 들었다. 불교에서 '공空'이라 할 때 그것은 허무를 뜻하고 끝나는 것이 아니고 표현할 수조차 없이 절대한 존재에 대한 힌트이다. 또 그 자신이 언명한 바도 있거니와 동양의 노장老莊 철학도 일찍이 그의 정신 안에 섭양되었다. 노자가 무위無爲를 말할 때 그것은 오히려 조용한 속에서 자생하고 있는 '자연'을 뜻하였다. 심지어는 서양의 하이데거가 『존재와 무』를 탐구했지만 그의 철학 전반기에는 무가 절대한 것으로 비치다가 후반기에는 바로 '존재'로 풀이되었다고 한다.

　구상 시인의 허무의식도 실상 존재론으로 펼쳐 놓은 멍석의 다른 한 끝에 불과하다. 그러므로 그는 청마 유치환 시인의 우주적 허무 선언을 보고 오히려 존재에 대결하는 문제의식으로 긍정적인 평가를 가하고 싶어 하였다. 즉, 최초로 달나라에 다녀온 소련의 한 우주비행사가 "하늘은 어둡고 / 지상은 연한 청색이더라고" 한 말을 인용해 청마가 시 「지상은 연한 청색」을 발표한 데 대한 구상의 견해이다. 세간에서 혹 "우주선을 타고 하늘을 뒤져도 천당은 없더라"는 투의 소박한 인식이라 하더라도, 절대자니 영원이니 하는 것에 관심마저 없고 흔히 "일상적인 경험이나 감각세계의 묘사" 정도에 등한히 머무는 경우들보다는 진경進境에 속한다는 뜻이다.

　또 신앙의 면에서 구상 시인이 분별해 검토하는 한 가지로는 '불교적 범신汎神의 경지'가 있다. 이 경우를 구상은 내세와 영원에 대한 감수성이 풍부한 미당 서정주 시인이 불교적 범신의 경지와 윤회 전생轉生에 깊이 진입해 있는 데에 해당시킨다. "내가 돌이 되면 / 돌은 연꽃이 되고 / 내가 호수가 되면 / 호수는 연꽃이 되고 / 연꽃은 돌이 되고."(서정주, 「내가 돌이 되면」) 「국화 옆에서」를 포함해 서정주 시인이 보이는 우주 사물의 무차별과 과정의 해소는 "그것이 비극의 해소이기도 하지만 또 한편 인간존재의 상실을 의미하기도 한다"고 구상은 말한다(「시와 실재인식」).

　그 자신이 불교에 대한 소양을 가지고 있으면서도 '인간존재'에 대한 분별적이고 절대적인 옹호의 입장을 취하는 것이 구상 시인의 기본자세이다. 아울러 윤회적 영교靈交의 세계에는 미적인 열락悅樂만이 있고 윤리적 고통이 없다는 점도 그는 지적하고 있다. 실로 그러한 무차별적 열락 속에서는 불의로운 역사 현실의 단계에 거역하고 대결하는 의지가 둔화될 것이라는 데에 필자도 공감하게 된다.

역시 불교 신자인 공초空超 오상순 시인에 대해서는 구상 시인이 같은 구도자로서의 신뢰와 인격적인 존중을 보냈다. 일찍이 식민지 시대에 「아시아의 밤」을 장중하게 노래한 공초는 8·15 해방이 되자 현실 사회의 영달에 역행해 오히려 삭발을 하고 은둔의 자세를 취하였다. 이것은 해방 직후 북한에서 구상이 『응향』 필화사건을 일으킨 것과 맥이 통하는 금욕적 거역의 자세이기도 하였다. 공초의 별세에 임해 비문을 구상이 쓰면서 가브리엘 마르셀이 무신론자 알베르 카뮈에게 바친 추도문을 인용하였다. "저렇듯 인간으로 더할 바 없는 무신자의 진실이 사후에 영관榮冠을 받으리라고 가톨릭인 내가 왜 믿지 않으랴." 이것이 마르셀의 추도문 한 대목이다. 무신론자든 불교 신자든 그에게 구도자적 인격의 진지성이 있다면 구상은 같은 그리스도인 형제에 못지않게 존중하는 편이며, 이것이 그의 가톨릭 신앙이다. 현대 가톨릭교회에서는 타종교에 대한 상호 존중의 원칙과, 하느님과 그리스도를 모르더라도 '선의의 인간'이면 하느님만이 아는 구원이 가능하다고 보는 공식 견해를 가지고 있다.

구상 시인의 신앙은 대체로 전반기에 교회의 규범적인 구속과, 자신으로서도 부전승을 안이하다고 보는 나름의 정신 체질 때문에 심적 고행주의 성향을 띠었었다. 또 예술적 창작 과정에 있어서 '높은 자리에서 거룩한 마음만을 가지고서는 죄에 떨어진 주인공을 잘 그릴 수 없다. 주인공이 작가보다 더 강해야 비로소 산 인물이 된다'는 방법상의 각성 때문에 시인 또는 자신의 모습을 작품 속에서 거침없이 위악적으로 드러내기도 하였다.

그러나 신앙적 생애의 중반 무렵 가브리엘 마르셀 사상과 만나면서부터 그의 정신적 분위기가 보다 밝아진 것 같다. 마르셀은 진리와 인격의 개방성과 희망의 신앙을 제시한 석학이다.

영혼의 눈에 끼었던

무명無明의 백태가 벗겨지며

나를 에워싼 만유일체萬有一體가

말씀임을 깨닫습니다.

노상 무심히 보아오던

손가락이 열 개인 것도

이적異蹟에나 접하듯

새삼 놀라웁고

창 밖 울타리 한구석

새로 피는 개나리 꽃도

부활의 시범을 보듯

사뭇 황홀합니다.

창창한 우주, 허막虛漠의 바다에

모래알보다도 작은 내가

말씀의 신령한 그 은혜로

이렇게 오물거리고 있음을

상상도 아니요, 상징도 아닌

실상實相으로 깨닫습니다.

―「말씀의 실상」

1980년에 발표한 구상의 이 「말씀의 실상」은 그의 신앙시의 완숙을 보여주는 작품이라고 생각된다. '말씀'은 성서에서 '존재'와 맞먹는 것이다. 태초에 말씀이 있었다고 하며, 말씀이 사람이 되어 구세주로 우리 가운데에 왔다고 한다. 현대 가톨릭의 대표적인 신학자 칼 라너는 한 절대자로부터 원초적인 '산 말'이 오며 산 말이라야 시가 된다고 하였다. 이러한 "말은 육화肉化된 존재이며, 직감과 초월, 형이상학과 역사, 실체와 그림자, 전체와 부분을 분별하면서도 일치케 한다. 이러한 말은 누를 수 없이 솟구치고, 사람들의 마음을 사로잡고, 사물들을 머물러 있기 싫어하는 어둠으로부터 밝은 데로 끌어낸다"고 하였다.[2]

원래 구상의 신앙시는 무명無明과 허무로부터 시작하였다. 그런데 이제 그의 영혼의 눈에서 무명의 백태가 벗겨졌다고 한다. 만유일체가 말씀 즉 육화된 존재로 느껴진다고 한다. 그런데 이러한 느낌이 상상이나 상징을 통할 필요도 없고 '실상'으로 직감된다고 하였다. 바로 여기에 구상 시의 표현 미학이 있다. 또한 이 점은 좀 더 섬세하게 논의해야 할 과제로 남는다.

서설에서 제기된 바로서 구상 시의 표현 방법이 '비시적'이라는 한 비평가의 견해가 있었다. 이 점에 대해서는 구상 시인 자신도 굳이 부정하지 않으면서 오히려 그 특성의 시적 유효성을 주장한다.

내가 의식적으로 시에서 비유를 피하고 평면적 서술을 택하는 일면도 있습니다. 그것은 나의 시의 주제가 지니는 관념이나 비평이 그 내면적 진실을 순수하게 전달하기에는 기경적奇驚的 비유가 오히려 배격되고 또 현란한 이미지

---

2 칼 라너, 정대석 역, 「사제司祭와 시인」, 『영성신학 논총』, 가톨릭출판사, 1983, 70·102면.

의 조형을 피해야 하기 때문입니다. 결국 시란 그 전체가 주제를 복합적이고 종합적으로 비유한 것이요, 또 자기의 궁극적 본질이 독자들에게 받아들여져야 한다고 생각하고 있기 때문입니다.

—「나의 시작 태도」

이것이 자신의 시에 나타나는 평면적 서술의 방법에 대해 구상 시인이 스스로 해명하는 하나의 당위성이다. 그러나 그가 표현주의 기법의 시들에 대해 전적으로 거부하는 것은 아니다. 상대적으로 그러한 기법들을 인정한다. 그러나 경우에 따라서는 '표현을 위한 표현'들이 유희에 떨어지는 무모함을 보면서, 자신만은 내면적 진실을 순수하게 전달하는 방법을 쓰겠다는 개성의 표명이다. 필자가 보기로는 구상의 시세계에서도 상상이나 비유로 형상화된 작품들이 있다. 「나는 혼자서 알아낸다」와 「밭 일기」 연작들이 그러하다. 또 완성된 작품 한 편이 전체 내용을 통해 짙은 감명과 여운을 담아 결과적으로는 상상과 비유의 효과를 내는 경우들도 있다.

객관적으로 시가 수용되는 폭의 문제, 이것은 국내에 국한하기보다 앞으로는 세계성의 범주와 차원으로 검토할 문제이다.

구상 시인은 불교와 노장철학 등 동양정신을 자신의 시정신에 섭양해 지니고 있으면서, 또한 가톨릭 신앙과 평이한 진술을 통해 세계문학에 이바지할 수 있다.

제7장

오늘의
한국문학에
대하여

시의 예술성과 대중성 사이
소설과 인간을 위하여
비평의 엉킴과 흐름

시의 예술성과 대중성 사이

예술은 주어진 아름다움

문학의 예술성과 대중성은 서로 어떠한 관계인가, 이것이 원래 대립하도록 되어있는 관계라고 전제하는 것은 합당하지 않은 관점이다. 예술은 인간들의 일이고 인간은 자유의지를 지니는 존재이므로 시대와 상황에 따라 잘못되는 예술 경향이 나타나기도 한다.

예술의 대중성 자체에는 왜곡되는 성향만 있는 것도 아니다. 기교와 감각에 기울어 관념화하고 말초적으로 자기소모에 이르는 것이 왜곡되는 성향이다. 그러나 다른 한편으로는 자연의 대지와 같은 민중언어로 건강한 아름다움을 창조해 나아가는 대중성의 흐름도 있다.

이 소론은 문학 안에서 예술성의 근원에 대해 되새겨 보고, 작품이 대중과 소통하는 과정의 관념적 차질과 창조적 가능성에 대해 헤아려 보고자 한다.

고대에 동양과 서양의 정신작업 분야에는 일치되는 것이 있었다. 그것은 '영원한 진리에 대한 추구'였다. 중국의 『역경』은 우주의 형성을 가리켜 하늘과 땅이 있고 그 가운데에 천지의 정수를 모아서 지닌 인간이 있다고 하였다. 『시경』과 『예기』는 인간의 마음에서 말이 생기고 말에서 글이 생겨 시인의 가르침을 백성이 본받는다고 하였다. '따뜻하고 부드럽고 두텁고 넉넉한[溫柔敦厚] 마음의 시가 한 고장의 좋은 민심을 돕는다'고 하였다.

『장자』는 원래 천지에 큰 아름다움이 있다고 하였다. 『맹자』는 인간 본성에 감각적 쾌락을 좋아하는 성향이 있다고 하였다. 그러나 이 감각이 전부는 아니며 인의예지[仁義禮智]를 행하는 데서 얻는 것이 최상의 즐거움이라고 하였다.

서양에서 플라톤은 물질과 육체의 세계를 초월하는 불멸의 보편적 관념으로 이데아를 제창하였다. 이 본질의 차원에 집중한 나머지 플라톤은 시가 본질계의 모방이므로 추방해야 한다고 하였다. 그러나 그의 제자 아리스토텔레스는 시가 모방을 하는 것이 아니고 인간의 정신에서 정화작용을 하는 것이라고 카타르시스론을 주장하였다.

동양과 서양에서 이미 고대에 문학과 예술에 대한 원론적 논의는 상당히 전개되었다. 그 초기 단계에서도 '아름다움'의 개념에 관해 '본질적 직관인 자연미가 있고 인간 개성의 감각인 예술미가 있다'는 말도 하였다. 그러나 그리스 시대에는 아직 예술의 범위 개념이 정돈되지 못했다. 문학·미술·음악 외에 재봉과 이발 등 손기술까지 예술이라 여겼다. 르네상스기에 이 손기술들이 예술에서 분리되었다.

서양 근대철학의 아버지로 불리는 칸트의 저작 『판단력 비판』은 예술론이 미학적으로 발전하는 데에 토대가 되었다. 무엇이 아름다운 것인지에 대해서는 객관적으로 증명할 수가 없다. 아름다움의 보편적 형상은 모든 시대 모든 민족에 의해 공감되고 있기 때문이다. "아름다운 예술은 그것이 자연처럼 보여야 진정한 예술이다."(『판단력 비판』 1부 2장)

이것은 예술이 자연에 일치된다는 미학적 원리론이다. 그리고 예술은 보편적 직관이며, '아름다움은 도덕성의 상징'이라는 말도 하였다. 순수이성에 이어 실천이성의 양심률까지 연구하는 칸트가 예술의 개념에 도덕성까지 첨가해 놓았다. 그러나 어떤 도덕적 기준을 가지고 강제로 예술을 구속해야 한다는 뜻은 아니다. 『실천이성 비판』에서도 칸트는 강제성을 띤 어떤 의도를 포함하지는 않았다.

거짓과 폭력에 대해서는 모든 사람이 싫어하고 저항하는 실천적 이성을 지니고 있으니 이것은 이 세계에 보편적 질서가 있다는 증명이다. 그런데 의롭지 않은 사람이 이 세상에서 영화를 누리고 착한 사람이 고생만 하다가 죽는 경우들이 있다. 그러므로 보편적 양심률이 구현되기 위해서라도 내세는 있어야 한다. 천국에 가 보지 못했으니 내세가 있다고 증언을 할 수는 없지만 '내세가 있어야 한다'고 생각한다는 것이다. 이것은 일방적 주장이 아니고 자연의 합목적적 당위론이다. 예술에서까지도 이 도덕성의 요소는 자연스럽게 그러나 당연히 고려되어야 한다는 미학적 결론이다.

동양에서는 일찍이 미학이 학문적 영역으로 독립되지는 못했어도 예술과 아름다움에 대한 미학적 연구들은 진지하고 깊이 있게 추진되었다. 지역적 전통문화의 개성이 어떠하든 이 세계에는 자연과 인간적 개성이 충돌하게 되어 있는 것이 아니고, 오히려 본질적 직관과 보편적 가치를 공유하는 예술로서 문학의 영역이 있다. 영국의 시인 키츠가 쓴

「그리스 술병」 끝 부분에 아름다움과 진리에 관한 노래가 있다. "아름다움은 진리이고, 진리는 아름답다! 이것이 그대들이 이 세상에서 아는 전부이고 알아야 할 전부이다."

대중성의 왜곡과 창조

문학에 있어서 대중성의 문제는 몇 가지 유형으로 분별해 볼 수 있다. 첫째로는 수용미학에서 말하는 독자 대중이 있다. 문학은 작자와 작품과 독자가 함께 참여해 이루어진다는 것이다. 여기에서 말하는 독자 대중은 독자층으로도 불리는 것으로서 작품의 유통과정론 성격이 있다. 그러므로 창작 작업의 본령과는 어느 정도 거리가 있다. 둘째로 대중성은 이른바 통속소설이 대중소설로도 불리는 데서 연상되는 경우이다. 그러나 통속소설류는 1950년대에 문단적 작업들이 정예화한 이후로는 점점 위축되어 이제는 문학적 논의의 대상에서도 거의 사라지고 있다.

마지막으로 남는 대중성의 경우는 작가의 개인주의적 처세에 관계가 있다고 볼 수 있다. 즉 작가가 스스로 엘리뜨연하는 위상을 경계하고 범속한 대중에 친화감을 느끼는 경우이다. 이런 경우는 작가로서는 사회 현실 속의 이른바 거대담론 경향을 냉담하게 경원하는가 하면 한편으로 그의 작품은 때에 따라 베스트셀러 급에 오르기도 한다.

역사 현실의 탁류 속에서 거대담론이라는 것이 경우에 따라서는 객기와 소영웅주의 또는 황당무계와 과대망상을 연출하므로 경원의 대상이 될 수도 있다.

그러나 개인주의 성향의 작가는 스스로 폐쇄적 에고이스트인 경우가 있고, 작품의 유통량이 향상되어도 작품 자체의 질적 차원을 보면 느닷없이 허무주의라든가 외설이 섞이고, 시의 경우에는 난해하게 관념의 공전을 드러내고 있다. 난해의 경우는 작품의 유통에도 관계가 없다. 그야말로 굳이 명분을 생각한다면 지난 세기말의 풍조였던 예술지상주의 같은 것이라고밖에 볼 수가 없다.

근래에 한국 시단이 난해시로 범람하고 있다. 일찍이 T. S. 엘리엇이 난해시에 관해 말하였다. '이해될 수 없는 진실은 없다'고. 그렇다면 무모하게 난해시를 남발하는 시인들은 지금 자신이 쓰고 있는 시 자체를 이해하지도 못하며 쓰고 있는 것이 아닌가. 시대 현실의 변화를 맞이해 일정한 역사의식도 상실했고, 인간정신의 끝없는 내면적 깊이와 인간성의 무진장한 표정도 신뢰하지 못하며 머리로 꾸며서 쓰는 시들이 너무 많다.

이것은 시인들 서로가 바라보기에도 겸연쩍고 민망한 낭패의 계절이다. 이것은 지난 세기말의 퇴폐사조뿐 아니라 1930년대 모더니즘 1950년대 모더니즘 2000년대의 포스트모더니즘까지 누적된 용도 폐기의 상태이다. 이쯤에서 문학은 일대 성찰과 재생의 미학을 챙겨야 할 것이다. 이때의 새로운 미학은 갑자기 하늘에서 떨어지고 땅에서 솟는 듯이 기상천외한 것이 아니다.

혼미해 진로를 알 수 없을 때 돌파구는 어떠한 것인가. '변화무쌍한 것들 속에서 변하지 않고 있는 것' 이것이 바로 돌파구이다. '아름다움의 보편적 형상은 모든 시대 모든 민족에 의해 공감되고 있다. 진정으로 아름다운 예술은 그것이 자연처럼 보인다. 그리고 아름다움은 도덕성의 상징이다'. 이 대목의 미학은 변하지 않고 있으면서 동시에 돌파구 역할을 하고 있다.

많은 사람들이 진로를 잃고 방황할 때에도 이 고전적 미학을 실천하며 활기 있게 창작에 임한 이들도 없지 않다.

시집 『악의 꽃』 때문에 퇴폐분자처럼 여겨지기도 한 보들레르의 경우는 실상 낭만적 휴머니스트였다. 그는 리얼리즘 소설가 위고와 발자크의 친구였다. 그의 산문시집 『파리의 우울』이야말로 편협한 에고이즘과는 정반대인 열린 마음의 전형이었다. 그의 산문시들을 보면 한 시인의 정신이 얼마나 풍요한지를 알 수 있다.

"군중을 즐기는 것은 하나의 예술이다. 군중과 섞이는 이는 열광적으로 환희를 안다. 거리를 지나가는 모르는 사람에게 내 마음을 다 바치는 영혼의 성스러운 간음에 비하면 사람들이 말하는 연애라는 것은 얼마나 초라하고 미미한 것이냐."

현대인들은 흔히 '군중 속의 고독'을 말한다. 그러나 마음을 바꾸어 군중이라는 목욕탕 안에 알몸으로 들어가 보는 이의 홀가분한 자유는 더없이 상쾌하다. 거리에 밀물져 지나가는 인파 속 그녀가 누구인지 다시 만날 기약도 없으면서 걸음을 멈추고 서서 그 아름다운 모습을 훔쳐보는 영혼의 간음, 이것은 뜨겁고 풍요한 '인간애' 그 자체이다. 시인의 가슴은 이렇게 세상을 향해 흔쾌히 열려 있다.

「거렁뱅이를 때려눕히자」. 한 보름 동안 서재에 묻혀있으면 24시간 내에 대중을 모두 행복하게 해 줄 방법에 관한 책들을 읽게 된다. 그러나 독서를 마친 이의 실천은 막연한 관념 속에 잠길 뿐이다. 시인이 바람이나 쏘이려고 집 밖에 나서는데 한 걸인이 다가와 동냥을 청한다. 시인은 다짜고짜로 그 걸인을 두들겨 팬 후 반격을 받아 때린 만큼 얻어맞는다. 그리고 일어서서 주머니에 있는 돈 절반을 걸인에게 준다. '두 사람은 똑같이 자존심과 분노를 지닌 평등한 인간이다. 이것이 시인이 인간을 사랑하는 방법이다.'

「사격장과 묘지」. '묘지가 보이는 주막'이란 간판이 달려 있는 주막 옆에 사격장이 있다. 주막에 들어가 앉으면 사격장의 총소리가 술병의 마개가 폭발하는 소리처럼 들려온다. 인생의 덧없음을 아는 이들의 향연인가. 사람이 무덤으로 가는 일은 얼마나 쉬운가. 그런데 유일한 진짜 목적지에 이미 도착해 있는 고인들의 안식을 방해하면서 수선스레 사격의 놀이를 벌이고 있는가. 인간의 정체성으로서 가장 분명한 한 가지는 '결국 사람은 죽는다'는 것이다. 인간의 이 한계를 가장 잘 기억하는 이가 가장 인간적인 인물이다. 보들레르의 산문시 안에 누락된 중요한 그 무엇이 있는가. 거의 없을 정도이다. 이것이 시가 대중에게 소통하는 모습이다.

삶의 생동하는 구체성 속에서

시인이 가슴을 열고 대중 속에 들어가 인간애를 발휘하는 것은 좋은 의미의 대중성이다. 그러나 이 대중성을 미학에 연결시킨다는 것이 미학을 위한 또 하나의 미학으로 관념화되어서는 안 된다.

미학의 동기와 결과는 현실 속 삶의 구체성을 생동케 하는 데에 연결되어야 한다. 2013년 6월 9일 판문점 평화의 집에서 남북한 정부의 통일정책 실무자들이 전격적으로 만나 남북 장관급 회담의 진행에 착수했다. 불과 며칠 전까지만 해도 일촉즉발 전쟁이 일어날 것만 같은 불안한 날들이었는데 느닷없이 판문점에서 만난 남북의 사람들은 악수를 하며 얼굴에 환한 미소를 띠고 있다. 이것은 그야말로 상호 '고무 찬양'의 모습이다.

정희성 시인의 시 「어느 통일꾼의 주례사」가 있다. "신랑, 어때, 좋지?

/ 신부도 좋지? / 남과 북도 이렇게 합치면 얼마나 좋을까? / 살아가면서 다투지들 말어 / 서로 고무찬양해야 돼.” 이것이 작품의 전부이다. 올해 6월의 남북회동은 불현듯 정희성의 이 시를 일깨운다. “서로 고무찬양해야 돼.” 이 한마디가 많은 것을 말해 준다. 남북이 서로 견해의 차이는 조절해 나아가면서 고무찬양을 하면 얼마나 좋은 일인가. 그런데 ‘고무찬양’ 이 한마디 말은 남한의 반공법 안에 들어있는 죄목이다. 시 「주례사」는 촌철살인의 익살이다.

구소련의 미학자 바흐친은 스탈린 치하에서 5년간 시베리아 변방에 유배를 당했다. 바흐친은 굴하지 않는 민중언어의 주요 요소가 ‘익살’이라고 보았다. 미완의 운명에 대응하는 인간성의 잉여와 역동성을 그는 신뢰했다. 고갈되지 않은 인간성의 잉여가 있으면 문학을 할 수 있다. 이념과 정치적 계파와 사회운동의 조직에 관계없이 아름다운 작품을 쓸 수 있다. ‘아름다움은 진실하고 진실은 아름답다.’ 키츠의 시에 나오는 말이다.

어느 날
한 자칭 맑스주의자가
새로운 조직 결성에 함께하지 않겠느냐고 찾아왔다
얘기 끝에 그가 물었다
그런데 송동지는 어느 대학 출신이오? 웃으며
나는 고졸이며 소년원 출신에
노동자 출신이라고 이야기해 주었다
순간 열정적이던 그의 두 눈동자 위로
싸늘하고 비릿한 막 하나가 쳐지는 것을 보았다
허둥대며 그가 말하였다

조국해방 전선에 함께하게 된 것을 영광으로 생각하라고

미안하지만 난 그 영광과 함께하지 않았다

십수년이 지난 요즈음

다시 또 한 부류의 사람들이 자꾸

어느 조직에 가입되어 있느냐고 묻는다

나는 다시 숨김없이 대답한다

나는 저 들에 가입되어 있다고

저 바다 물결에 밀리고 있고

저 꽃잎 앞에서 날마다 흔들리고

이 푸르른 나무에 물들어 있으며

저 바람에 선동당하고 있다고

가진 것 없는 이들의 무너진 담벼락

걷어차인 좌판과 목 잘린 구두

아직 태어나지 못해 아메바처럼 기고 있는

비천한 모든 이들의 말 속에 소속되어 있다고

대답한다 수많은 파문을 자신 안에 새기고도

말없는 저 강물에 지도받고 있다고

―송경동, 「사소한 물음들에 답함」

이 시를 쓴 송경동 시인은 실제로 용산참사 현장을 비롯해 각 기업의 노동분규 현장을 찾아다니며 노동자들의 권익을 옹호하는 활동을 하다가 몸을 다치기도 하였다. 그러나 그의 정신 자세는 이 시에 있는 내용 그대로이다.

역사적 현실의 구체성 안에 들어가 '실천'을 한다는 것은 원래 어려운 일이다. 그 고통의 비장함 안에 갇히지 않기도 더 어려운 일이다. 그런데 시인은 "말 없는 저 강물에 지도받고 있다"고 하는 것으로 끝을 냈다. 현실적인 실천에서 조성된 치열성의 부담을 덜고 마음을 비운 모습이기도 하다.

한국 현대시문학의 범주에서도 문학의 예술성과 대중성 문제는 대강 가닥이 잡힌다. 여기에서도 역사의 원천과 오늘의 현장은 한 끈에 이어진다. 오늘의 한국 시문학 안에서 어떤 문제의식의 치열성과 언어의 밀도화는 왕성한 편이다. 그런데 이러한 작품들은 대체로 해체 의식의 성향을 띠고 있다. 자연에 바탕을 둔 보편적 가치질서의 화법에서 일탈하고 있다. 이러한 경향은 2000년대 이후로 확장되었다. 구소련을 중심으로 한 사회주의 세계권이 와해된 데에 관계가 있는 것으로 보인다.

자본주의적 근대가 가고 사회주의적 현대가 오는 것이 사회과학에 의한 지성의 판단인 것으로 알았는데, 예측이 어긋났다는 것이다. 이 사태에 대해 저항을 하는 것이다. 이른바 포스트모더니즘의 추세이다. 기존의 존재론적 세계인식과 보편적 가치로부터 해체를 주장하며 '근대 이후'를 기획하고자 한다. 그런데 그 대안 자체는 마련이 되지 못하는 데서 허무의식이 팽배한다. 이러한 연유로 시가 난해하고 산만해진다.

그러나 자유와 책임에 바탕을 두는 보편적 가치의 세계는 쇄신을 동반하며 지속되어 갈 것이다. 예술은 자연에서 발생하는 과정 자체가 자생적이며 아름다움의 추구이다. 이 아름다움은 감각적인 쾌락지상주의가 될 수는 없고 도덕성의 상징이라는 영예를 지닌다. 그러면서 미학은 관념이 아니고 역사적 현실의 구체성을 지니는 인간의 삶에 생동적으로 연관되어 있다.

현실의 구체성에서 뿌리 뽑히지 않은 인간의 삶이 창조하는 문학, 여기에 진정한 아름다움의 세계가 있을 것이다.

시의 세계에 치열한 열정이 필요하고 이 열정에 걸맞은 송경동의 「사소한 물음들에 답함」은 젊은 패기와 이념적 결정론을 벗어나는 일종의 카타르시스마저 느끼게 한다.

김남조의 시

시의 세계는 광활하고 심오하다. 원로 김남조 시인의 신작 시집에 「노병」이란 작품 제목이 있다. 여기에서 '병' 자는 병사兵士라는 뜻이다. "여전히 현역 병사입니다 / 나의 병무兵務는 삶입니다." 시 「노병」에 들어 있는 말이다. 삶인데 일상에 갇힌 것도 아니고 젊은 시인들도 다루지 않는 일본 후쿠시마 원전의 재앙이 소재이다. 이 재앙에서 인류 종국의 문제와 고뇌를 짚었다.

일본 국토의 70퍼센트가 방사성 물질 세슘에 오염되어 있다고 한다. 한국의 김남조 시인이 간곡한 심정으로 염려해 주고 있다.

이제는

신께서 기도해주십시오

기도를 받아 오신 분의

영험한 첫 기도를

사람의 기도가 저물어가는 이곳에

깃발 내리시듯

드리워주십시오

기습으로

사랑이 오기도 합니다만

더 빠르게, 눈 몇 번 깜박이는 사이

죽음이 수만 명의 산 사람을

삼킨 일은

분명 착오였습니다

끝을 모르면서

끝의 끝까지 돌아 나와

어질어질, 가물가물한

저희들 '인류'에게 최소한

이 한 말씀을 천둥 울려주십시오

"내가 알고 있다

내가 참으로 알고 있다"고

오오 하느님

—김남조, 「신의 기도」

옛 소련의 체르노빌 원전 사고도 이 세슘의 누출 현상이었다. 이렇게 오염된 땅의 복원은 좀처럼 잘 이루어지지 못한다. 이것은 일본 한 나라의 재앙일 뿐 아니라 세계와 인류의 재앙이다. 지진과 해일이 있었지만 원전의 붕괴로 눈 깜박할 사이에 수만 명의 사람이 목숨을 잃다니. 우주를 섭리하는 신이 있다면 이 참변의 방치가 너무 잔혹한 일이 아닌가.

그러나 신이 다 알아서 처리하면 인간은 할 일이 없지 않은가. 역할이 없으면 인간 존재의 명분도 없지 않은가. 그러므로 인간이 위험한 원전을 자꾸 설치하지 말 일이다. 결국 신의 뜻대로 인간이 일을 잘 해야 한다. 하늘은 스스로 돕는 이를 돕는다는 말이 이러한 뜻이다.

김남조 시인은 1953년에 첫 시집 『목숨』을 펴냈는데 거기에도 이미 신과의 관계들이 들어 있었다. "그래도 못다 지은 죄는 / 신의 도우심이 아닐 수 없습니다."(「만종」) 약한 인간이 어느 정도 죄를 안 짓기 어려우나 "돌멩이처럼 어느 산야에고 굴러 그래도 죽지만 않는 / 그러한 목숨이 갖고 싶었습니다."(「목숨」) 일찍이 전쟁의 불길 속에서 삶의 의지를 단련해 왔다.

그리하여 2013년 60년 만에 17권째 시집 『심장이 아프다』를 내면서 "삶이 병무兵務인 현역의 노병老兵을 자긍하는 경지에 있다. 평생을 가톨릭 신앙인으로 살아오는 내력이라야 득 되는 일인들 무엇이 있던가."

물에 금 그은 자국 남지 않듯이

못 받아 덜 채운 것

괜찮다 아무 일 아니다

삼라만상의 오묘함을 바라보는 눈의 행복

지금도 온 누리 빛의 목욕이니

이것이면 된다

—「눈의 행복」 부분

신에게 기도로 무엇을 청하기는 아예 단념이다. 오히려 "은밀한 혈서 몇 줄은 / 누구의 가슴에나 필연 있으리."(「혈서」) 섬뜩한 내심도 드러낸다. 때로 입에 담는 말 '사랑'들도 있지만 그 심층은 또 어떠한 것인가.

작은 새 하나

가녀린 나뭇가지 위에

미동 없이 머문다

얼음처럼 깨질듯한 냉기를

뼛속까지 견디며

서로 측은하여

함께 있자 했는가

—「새와 나무」 부분

이것이 고작이다. 자연에서도 측은지심을 보는 것이다. 각자 단독자로서 스스로 자신을 책임지는 기본이나 챙기면서 그래도 인연일지 운명일지에 연민의 끈을 던져두고 지내는 것이 오히려 큰 사랑인 것도 같다. 이런 뜻에서도 되도록 넉넉하게 김남조 시인이 일본의 후쿠시마 원전지대 희생자들을 생각하며 신에게 대화를 걸고 있다.

정희성의 시

정희성도 시 「후꾸시마」를 썼다. 그는 "후꾸시마는 후꾸시마에만 있는 것이 아니다"라고 하였다. 한국에도 있는데 한국 정부는 이 위험한 원전들을 더 늘리겠다고 한다. 정희성은 시 「변화」에서 뉴욕의 무너진 무역센터 자리에 달이 뜨고 구름이 지나간다고 하였다. 가톨릭 시인인 김남조·정희성 등이 세계의 아픈 문제들을 시로 쓰고 있다. 시의 책무는 끝없이 크다.

무역센터 건물이 무너졌어도

무역은 사라지지 않았다

건물이 무너진 자리에 건물이 밀어낸

부피만큼 공기가 새로 들어왔고

사람들이 사라진 모양의 공간으로

사람 모양의 바람이 몰려들어왔다

그날 이후 건물에 가려 보이지 않던

한결 넓어진 하늘로 해가 지고

달이 뜨고 구름이 지나가고

무성영화의 한 장면처럼

새들이 끼룩대며 날아갔을 것이다

―「변화」

이것이 정희성 시의 세계적 안목이다. 이것이 하나의 상상이요 바람이어도 좋다. 건물이 무너진 공간에 바람이 불고 새들이 날고 달이 뜨고 한 자락의 목가적 풍경이다. 그러나 현실은 시와 같이 되지 못할 것 같다. 9·11 폭파 사태 후에 몇몇 가톨릭 주교들이 그 현장을 방문한 일이 있다. 폭파된 현장의 복판은 잔혹한 테러를 목격하게 그대로 두고 둘레의 불탄 건물들은 다시 짓고 있다 한다.

그처럼 잔혹한 폭파 사건이 왜 일어났는지에 대한 질의는 현지 민심의 동향으로 보아 꺼낼 수도 없는 실정이다. 이렇게 되면 한 차례 파괴는 변화였지만 본질적으로 평화의 공간을 조성하는 진정한 변화는 이루어지기가 어렵다. 이처럼 크고 어려운 문제까지 한국의 한 시인이 떠안아야 하는가.

정희성은 치음도 그랬고 그 뒤에도 조용한 분위기의 시를 썼다.

오십 평생 살아오는 동안

삼십년이 넘게 군사독재 속에 살아오면서

너무나 많은 사람을 증오하다 보니

사람꼴도 말이 아니고

이제는 내 자신도 미워져서

무엇보다 그것이 괴로워 견딜 수 없다고

신부님 앞에 가서 고백을 했더니

신부님이 집에 가서 주기도문 열 번을 외우라고 했다

그래서 나는 어린애 같은 마음이 되어

그냥 그대로 했다

—「첫 고백」

이처럼 단순 소박한 시를 쓸 수 있다. 그다음에는 사람들로 더불어 지내는 의식을 보여준다.

숲에 가 보니 나무들은

제가끔 서 있더군

제가끔 서 있어도 나무들은

숲이었어

광화문 지하도를 지나며

숱한 사람들이 만나지만

왜 그들은 숲이 아닌가

이 메마른 땅을 외롭게 지나치며

낯선 그대와 만날 때

그대와 나는 왜

숲이 아닌가

―「숲」

이 시는 1970년에 발표되었으니 그의 대표작으로 여겨지는 「저문 강
에 삽을 씻고」보다 8년이나 앞선 등단 초기의 작품이다. 시기적으로는
이 「숲」이 당시 한국문학의 현실참여 의식과 리얼리즘 형성기에 동반되
고 있다. 그러나 작품 자체로 보면 시기적 경향이나 이념적 도식성을 의
식하지 않고 자연스럽게 인간적 우애의 성격을 띠고 있다. 이것은 시의
어떤 유파와도 친화할 수 있는 위상을 지닌다.

이다음으로 정희성 시가 독자 대중에게 획기적으로 수용된 것이 「저
문 강에 삽을 씻고」이다.

흐르는 것이 물 뿐이랴

우리가 저와 같아서

강변에 나가 삽을 씻으며

거기 슬픔도 퍼다 버린다

일이 끝나 저물어

스스로 깊어가는 강을 보며

쭈구려 앉아 담배나 피우고

나는 돌아갈 뿐이다

삽자루에 맡긴 한 생애가

이렇게 저물고, 저물어서

샛강 바닥 썩은 물에

달이 뜨는구나

우리가 저와 같아서

흐르는 물에 삽을 씻고

먹을 것 없는 사람들의 마을로

다시 어두워 돌아가야 한다

—「저문 강에 삽을 씻고」

이 시 「저문 강에 삽을 씻고」는 이른바 유신 독재가 절정에 달했던 1978년에 발표되었다. 그런데 이것이 정치 시인가, 이것이 서정시인가. 어떤 이론을 대입할 꼬투리가 없다. 이론을 굳이 말하지 않는 어느 속 깊은 인생의 이심전심이다. 이 시 제목 「저문 강에 삽을 씻고」는 전국 몇 지역에서 대중 주점의 간판으로 임의로 내걸려 있다. 이것은 속된 풍문이 아니고 어쩌면 정갈한 원초적 언어의 민중시가 전파되는 현상이다. 신학자 칼 라너가 말하는 경계를 넘으며 살아있는 말일 법도 하다.

이러한 작업의 진행 과정에서 「황토현에서 곰나루까지」는 신군부 정권이 동학농민혁명을 훼손하는 현실을 지적하였다. 「만세후」에서는 1987년 6월 시민항쟁이 승리했으나 "자유라는 말이 언젠가는 / 우리를 구속하겠지" 하며 예지의 메시지를 발표하였다. 과연 대통령 직선제를 탈환하고도 양김의 분열이라는 차질을 거치며 역사의 진전이 5년을 더 지체하였다. 이 과정이 뒷날에 미치는 영향이 과연 곤혹스러웠다.

그러나 정희성의 시는 진실을 말하되 구호를 외치는 것이 아니었다. 모든 생명이 말을 통해서 나오며, 어둠이 빛을 이기지는 못한다는 믿음이 시가 되는 모습을 역사는 제시해 갈 것이다.

소설과 인간을 위하여

한국의 소설 문학은 근래에 국내에서뿐 아니라 국외에서도 상당한 독자를 모으고 있는 것으로 알려지고 있다. 그러나 이 현상은 오늘의 한국소설이 창조적 정신 차원에서 독자들에게 감명을 주고 있는 것으로 보이지는 않는다. 한국소설의 장래를 걸머질 중견이나 신예 작가들의 작품으로 각광을 받고 있는 경우에도 납득되는 주제가 없거나 말초적 감수성으로 자기 소모에 그치는 정황이 적지 않게 나타나고 있다.

상황이 이러함에도 불구하고 문학정신의 근대적 성숙을 구현해 온 작가들의 작업 성과들에 의거해 한국소설의 내일을 전망해 보고자 한다.

한국의 시민사회가 자각되기 시작한 1960년대로부터 오늘에 이르는 소설에서 의미와 문제를 짚어 본다.

『레 미제라블』을 보며

빅토르 위고의 소설 『레 미제라블』이 뮤지컬 영화로 제작되어 한국의 극장가에서 흥행을 이루었다. 국외에서 제작되었고 뮤지컬 영화이지만 원작이 세계 문학사에서도 고전이 되어 있는 소설이다. 오늘날에도 소설이 사회 대중에게 미치는 영향력을 행사하고 있다.

지난해 12월에 개봉을 한 이 영화는 불과 4주 만에 500만 명에 가까운 관람객을 동원했다. 영화를 보는 관객들은 거의기 눈시울을 붉히거나 눈물을 보였다고 한다. 150년 전에 출간된 소설이 영화화한 것을 보면서 관객들이 이처럼 감동을 한다.

마침 한국에서 제18대 대통령 선거가 끝난 때인데 야당이 승리를 하지 못했지만 48퍼센트의 지지표를 얻었다.

『레 미제라블』은 프랑스 대혁명의 현장이 무대이다. 작품 속 1832년 6월 5일의 파리 시내 시위 현장은 한국의 1980년 5월 27일 광주의 시위 현장과 너무도 같은 상황이다. 시민 시위대의 바리케이드에 막강한 전투 병력이 밀고 들어온다.

자유와 정의를 위해 외치고 노래하는 시위대가 군대의 총검 아래 무참히 쓰러져 가는 대목에서 극장의 관객들이 눈물을 흘린다. 혁명과 반혁명은 오랜 세월 동안 반전을 계속한다. 가난에 지쳐 있는 파리의 시민들. 취업이 되지 않는 청년 세대와 전도가 늘 불안하기만 한 한국의 비정규직 시민들이 극장에서 〈레 미제라블〉을 보며 눈물을 닦고 있다.

그러나 이 극장의 눈물과 흥행의 이유는 무엇인가. 온갖 비장한 살풍경 속에서 주인공 장발장이 죽지만 유독 싱싱하게 살아남는 형상이 있다. 사랑으로 묶여 있는 코제트와 마리위스이다. 이 두 젊은이는 소설 『레 미제라블』이 제기하는 전망이며 이상이다.

혁명의 총체성, 휴머니즘의 전형, 사랑의 전망이 총화를 이루어 수용미학의 큰 축인 독자와 관객을 운집시키는 사건이다. 같은 현장을 가진 1980년의 광주와 대선에 패배한 48퍼센트의 대중이 모이고, 지지하는 당과 관계없이도 시민들이 많이 모여 온다.

그렇다면 한국의 소설은 역사의 같은 원형질에 관해 한 일이 무엇인가. 새삼 이 주제의 소설을 되새겨 본다. 빅토르 위고처럼 16년을 걸려 쓴 대작은 아니지만 역시 독자를 울린 소설이 있었다.

박호재의 『다시 그 거리에 서면』. "끈끈한 어둠 속으로 성에가 차갑게 껴 오듯 처연한 앰프음 하나가 사위를 갈가리 찢어 놓고 있었다. 벼랑에 라도 매달린 양 갈급하게 토해지고 있는 가두방송이었다. 가냘프면서도 애절한 젊은 여성의 목소리였다. 시민 여러분 지금 계엄군이 쳐들어오고 있습니다! 사랑하는 우리 형제 우리 자매들이 지금 계엄군의 총칼에 …… 시민 여러분……."

대학생인 큰 아들 형석은 평소에 어머니와 누이가 데모에 끼어들지 말기를 간곡히 당부할 때 한껏 속 깊은 대답을 한다. "그자들에 대한 증오가 우리들 운동의 전부는 아니에요. 그런 식의 단순한 감정은 내가 그 자들과 똑같은 위치에 서고 싶다는 생각과 하나도 다를 바가 없어요. 단지 그자들의 구조악적인 실체가 역사선상에서 제거되어야 한다는 것입니다. 그래서 그자들과 우리가 하나라는 개념으로서 함께 해방되어야 한다는 것입니다."

집 밖에 있는 아들들을 생각하는 어머니는 무작정 거리로 뛰쳐나가려 든다. 이 어머니를 방 안에 붙잡아 두려는 딸과 고모의 몸싸움은 격투와 도 같다. 정도상의 「십오방 이야기」에서는 데모를 하다가 죽지는 않았고 끌려가 교도소 감방에 있는 대학생들이 여러 감방에서 함께 일어나 부르는 노래가 나온다. 처음에는 애국가로 시작하고 이어서 부르는 노래. "꽃잎처럼 금남로에 뿌려진 너의 붉은 피 / 두부처럼 잘리워진 어여쁜 너의 젖가슴……."

말리는 어머니에게 아들은 말한다. 무얼 어떻게 하겠다는 이야기가 아니고 정치를 하겠다는 이야기도 아니고, 단지 사람과 사람 사이의 원초적인 윤리를 세우자는 것이라고 한다(『다시 그 거리에 서면』).

프랑스혁명이나 한국 현대사 안에 있었던 몇 차례 시민적 행동의 주

제는 같다. 자유, 정의, 박애 이런 것들이다. 결국 무엇을 어떻게 하겠다
는 것이 아니다. 다만 인간과 인간 사이를 정상화하자는 것이다. 이것은
인간성에 관한 이야기이다.

역사와 소설

　문학은 섬세한 인식력으로 한 시대 안에서 사람들의 감정을 가장 탁
월하게 파악한다. 그러므로 "인류의 정신사는 문학을 통해 비로소 기술
할 수 있다"고 테느가 말하였다. 또한 문학은 다른 분야에 속하지 않으
면서 오히려 다른 분야의 좋은 요소들을 모아 문학 안에 내포하고 있다
고 하였다. 그러므로 역사학자인 테느는 문화사 중심 사관을 역사 기술
의 방법으로 삼았고 스스로 문학사를 쓰기도 하였다. 그는 프랑스인으
로서 객관적 시각을 위해 영문학사를 썼다.

　이러한 예에서 보듯이 문학은 역사학에 깊은 관련을 가지고 있다. 실
제로 문학 작품 속 가치의식의 거점으로 '역사의식'이 중시되기도 한다.
문학정신은 공간과 시간에 열려 있으므로 역사의식과 동행할 수 있다.
1980년대에 작가 조정래가 역사의식의 대하소설 작업을 진행한 것은 스
스로 억제하지 못한 가치의식의 분출인 것으로 보아야 할 것이다.

　전 10권으로 출간된 조정래의 소설 『태백산맥』은 냉전 이데올로기에
의해 금기로 되어 있는 역사 소재를 주저하지 않고 다루어 냈다. 1948년
에 일어난 여수 순천 반란사건의 연장으로 지리산 일대 벌교 지역의 빨
치산 활동을 그린 소설이다.

소설의 성격은 좌우익 이데올로기 자체를 다루었다기보다 외세에 의한 국토의 분단 현실이 빚은 부조리의 상황에서 역사적으로 실재했던 현장을 객관적으로 증언한 것이다. 작가는 그 시기 민중의 수난을 생동하는 인간성의 구체적 형상을 통해 유감없이 재현해 놓았다.

이 사건의 발단과 책임은 원래 국내의 민중에게 있는 것이 아니었다. 세계 제2차대전 중인 1943년 11월 연합군의 카이로 선언은 앞으로 일본이 패전할 때 '한국의 독립'을 보장한다고 약속하였다. 1945년의 종전 처리 과정으로 미국과 소련이 한반도에 설치한 38선이 강대한 외세의 냉전 대치 지점으로 부당하게 고착화함으로써 한반도의 남북이 분단되고 6·25전쟁까지 일어나게 되었다.

세계적 강대국들의 패권 전략에 희생된 약소민족의 참상은 진상마저 은폐된다. 조정래의 소설 작업에 의해 그 금기가 어렵사리 타개되었다. 이어서 이 작가는 1990년대에 역시 대하소설로 『아리랑』 전12권을 간행해 일제시대 한민족의 독립운동 판도를 재현해 놓았다. 『태백산맥』이 해방 후의 민중적 현장인 데 비해 『아리랑』은 이전 시기의 민족적 활동 양상이다. 생활의 구체적 터전과 주인공들의 인간성에 근거해 문학적 형상화에 성과를 거둔 점은 두 소설에 함께 나타나 있다. 이 독특한 작업들은 별도로 계속 평가되는 계기를 가져야 할 것이다.

작품의 양적 규모는 장편이 아니지만 1960년을 기점으로 하는 역사 현실을 담은 경우로서 이호철의 소설 『판문점』이 있다. 이번에 새로 출간한 『판문점』 2와 더불어 새삼 주목하게 된다.

『판문점』은 최인훈의 『광장』과 함께 4·19혁명을 계기로 비로소 개방된 여건에서 문학이 이 사회의 현실에 대해 발언하게 된 기념비적 소설이다.

집필 당시에 작가가 채 30의 나이에 이르기 전이었으나 작품에 담긴 수사들이 역사의 심층을 투사해 50년이 지난 오늘에도 오히려 숙고할 논거들이 되고 있다. 휴전이 성립된 후 판문점에서 북쪽의 젊은 여기자와 남쪽의 기자 진수가 주고받는 대화의 몇 토막만 보아도 의미의 깊이를 느끼게 된다.

누가 먹고 누가 먹히나요? 그 발상법부터가 비뚤어진 생각이야요. 선택할 권리는 묻혀서 사는 일반들에게 있어요.

당신들 세계에서 자유라는 건 어떤 모습을 지니는가요? 당신들이 말하는 진보적 민주주의가 표방하는 선택된 몇 사람의 미래에 대한 일정한 역사적 전망에 안받침된 옳은 강제라고 가정하더라도 말이지요. 거기서 견딜만해요?

신념이 문제지요. 자유 이전에 정의가 있어요. 그렇지 않으면 자유는 이용만 당해요. 그 사회 나름의 일정한 도덕적 규범과 인간적 품위와 결부가 되어서 비로소 제대로 설 수가 있는 거지요. 우리 모랄의 기본이 뭣인지 아세요? 우리 민족의 나갈 바 큰 방향이야요. 당신의 생각은 나태 그것이야요. 타락되고 싶다는 말밖에, 놀고 싶다는 말밖에 아니야요. 비트적거리고 주저앉고 싶은 자기 …….

그럼 자기를 팽개치고 무엇이 남아요. 놀고 싶고 적당히 나쁜 짓 하고 싶은 자유란 최고급이지요. 사람이란 원래 그렇게 생겨먹었어요. 그것을 크낙한 관용으로 받아 안을 수 있는 사회가 있어요. …… 사람이 지니고 있는 내면의 부피와 깊이는 한이 없어요. 당신들은 사람도 어떤 효율의 데이터로만 간주하고 있어요. 일면적인 거지요.

경계와 방어 태세의 표정으로 헤어져 가는 북쪽 여기자의 뒷모습을 보면서 진수는 생각한다.

"기집애, 조만하면 쓸만한데."

이것이 50년 전 판문점에서의 일이다. 젊은 작가의 조숙을 느끼게 하는 대목이다.

"누가 먹고 누가 먹히느냐는 발상부터가 잘못이다. 묻혀 사는 일반들이 선택할 권리가 있다. 선택된 몇 사람의 옳은 강제가 자유인가. 자유 이전에 정의가 있다. 도덕적 규범과 인간적 품위가 결부되어야 한다. 사람이 지니고 있는 내면의 부피와 깊이는 한이 없다."

이 발언들을 어느 쪽이 한 것이냐 굳이 가리지 않더라도 인문학 내면의 결이 좋은 감각들이다. 이것들이 문학과 철학의 질료가 될 수 있다. 이 생각들을 지속해 나아가야 한다.

그런데 판문점의 휴전선은 50년을 그대로 버티고 있다. 이 지점에 기대어 옛 주인공 진수와 그의 친구 영호가 대화를 이어 간다. 이것이 『판문점』 2이다. 휴전선의 남북 대치 상황은 완화된 것이 없고 부분적으로는 더 위기도 느끼게 악화된 국면이다. 서독은 동독에게 20년간 퍼주기를 하며 왕래를 한 끝에 통일을 이루었다. 한국의 판문점에서는 총각이고 처녀였던 남북의 기자가 더 만나고 결혼이라도 했어야 할 것 아닌가. 진수와 영호가 허무를 개탄한다.

『판문점』 2는 이제 80줄에 든 두 남정네 친구끼리의 '하나마나한 이야기'라고 스스로 전제하고 끌고 가는 이야기이다. 구성 자체가 양자 대화이니 형식이 단조롭다. 원래의 『판문점』에 제기된 센스들의 약동에 비해 넘브러져 '쭝얼거린다'는 실상 자체는 과연 어떠한가. 그런 대로의 동기가 있어 『판문점』 2가 되는 것인데 내용은 나름대로 너무 오래 발전이 없는 시대에 대한 그야말로 소시민적 한담 같기도 하다. 작가는 자신의 소설이 소시민적 차원으로 폄훼된 적이 있다는 말도 덧붙여 놓았다.

예술 작품의 긴장도 어떤 틈새에서는 소시민적 일상으로 편하게 풀어져 '중얼거려' 보는 여유도 가질 수 있을 것 같다. 그리고 이 막간을 통해 다시 의식을 가다듬는 방법도 있을 법하다. 또 한 편으로는 이 '일상'이 화장을 하지 않은 맨살처럼 신선해 현실의 원형과도 같다고 말하는 신학자도 있다. 이러한 관점들을 참작하면서 『판문점』 2에 담긴 일상의 담론들을 헤아려 본다.

'NK 지식인연대'라는 단체가 배부했다는 북한 주민들의 생활 실태 소개는 재인용을 삼가게 된다. 너무 가혹해 인간적으로 예의가 아닐 것 같기 때문이다.

"초기 대한민국을 세우고 지켜냈던 사람들 태반이, 바로 이북 사람들이었어. 현대의 정주영부터가 강원도 흡곡 사람이었지 않은가. 나와서 열심히 돈을 번 사람들이, 이제 그로부터 50~60년이 지나서 제각기 그 돈을 싸짊어지고 저들이 태어난 고향 땅으로 무조건 돌아가겠다는 것이야."

친구 영호에게 들려주는 진수의 이 정신 나간 소리. 물론 하나마나한 쭝얼거림이다.

그리고 남북이 함께 운영하는 개성공단은 잘되고 있다는 이야기도 나온다. 지난 연말에 다가가며 치러진 두 차례의 큰 선거 이야기에 이르면 예민한 문제가 착잡한 표현으로 전개된다. 남한 시민사회의 대표적 논자가 『2013년 체제 만들기』란 책을 냈는데 그 안에 '남북연합'이라는 현안이 제기되었다고 한다. 남북연합의 테이블이 마련되면 남쪽 대표로 누가 나가 북쪽 사람들과 마주앉을 것인가 하는 문제가 거론된다. 문제의 그 책에 오늘의 북쪽 체제에 대한 비판이 거의 없는 것은 어떻게 생각해야 하나. 남북연합의 테이블에 앉게 되는 남쪽 대표의 남쪽 내부 주도권 문제는 어떻게 생각해야 하나. 소설 속에서 영호는 "악의적으로 본다는 건 아니지만……" 하고 단서를 붙인다. 진수는 와락 역정을 낸다. "믿어야 해" 한다. 왜 역정을 내는가. 진수로서도 북한 체제에 대한 비판 부재에 역시 의구심을 가졌지만, 그래도 2013년 체재론자의 순수한 동기를 기대해 보자는 뜻이다. 그러면서 진수는 "저 북한 권력의 먼 행방은 과연 어찌 될 것이냐" 하는 문제까지 발언한다.

남북통일의 한 대안적 모델로 오늘의 대륙 중국과 대만 관계가 제시되기도 한다. 이것도 영호가 복사해 온 한 일본 잡지의 기사 형식으로 제시된다. 중국의 사정도 근래에 많이 달라졌다는 것이다. 2006년 3월 북경 교외의 한 곳에서 각계 전문가들의 비공식 좌담회가 열렸다. 한 교수가 보도의 자유, 다당제, 진정한 민주주의, 개인의 자유 실현이 이루어져야 한다고 말하였다는 것이다.

2008년에 대만에서 마영구馬英九 정권이 선 뒤로 대만해협을 사이에 둔 대륙 중국과 대만의 관계가 비약적으로 확대되고 중국 본토 사람들의 대만 방문이 크게 늘어났는데, 대부분의 본토 사람들이 대만 주민들의 생활을 부러워한다고 한다. 당장 통일을 말하지는 못하지만 교류의 확대가 가능하다. 중국 본토가 문화대혁명에 실패한 후 전통문화의 복구를 추진하고 있다. 유교 문화가 보존되어 있는 대만이 오히려 문화 역량을 가지고 본토에 진출할 가능성도 생겼다고 한다.

동아시아의 이러한 환경을 볼 때 정작 한국의 남북문제는 어떻게 풀어야 할지가 궁극의 문제가 된다. 중국마저 모택동을 숭배하던 문화대혁명을 중단하고 민주화를 과제로 인식해 가는데, 북한의 개인숭배 경직 체제에 남한은 과연 어떻게 대응해야 할 것인가. 이것이 소설 『판문점』2의 주제 담론이다.

느슨하게 전개된 일상적 담론 형식이 막상 귀착하는 이 주제의식 대목에서는 산문 문예의 형상화 작업이라든가 감성적 수사의 밀도로써도 감당하기가 버겁다. 남쪽이 북쪽을 맞아 테이블에서 마주 앉기로 한다면 우선 면박은 자제해야 할 것이다. 그렇게 하지 않으면 대화를 시작할 수도 없을 테니까. 서로 상대의 속사정은 다 알고 있다.

체제 내의 개인숭배 문제도 그렇다. 일찍이 1956년 소련 공산당 제20차 전당대회 때 흐루시초프가 스탈린에 대한 개인숭배를 정면으로 비판하였다. 중국에서도 모택동 사후에는 비록 1당 정치이긴 하지만 지도자가 교체되고 집단지도 체제를 택하기도 한다. 중국은 유교 문화로 대만과 소통하기도 한다. 남한도 유교 문화는 잘 보존하고 있어 동아시아 공간에서 소통에 참여할 수 있지만 북한을 상대로 해서는 생소한 통로이다. 오히려 스칸디나비아식 조합주의 복지사회 모델을 가상할 수도 있다.

세습 문제 말고도, 더 본질적인 담론의 주제들은 원래의 『판문점』에 이미 제기되었다. 상황이 지금처럼 경직되기 이전이므로 나름대로 순정이 묻어나는 북쪽 여기자의 발언들이 있다. 북의 여기자가 말한다.

"자유 이전에 정의가 있다. 도덕적 규범과 인간적 품위가 결부되어야 한다."

상당한 격조가 있어 보인다.

그러나 자유 이전에 정의가 있는 것이 아니고 정의 이전에 자유가 있는 것이다. 그리고 자유에는 반드시 '책임'이 동반되어야 한다.

"자유와 책임에 바탕을 둔 도덕적인 힘에 의해 인간의 자기완성과 사회의 자기완성을 이룩할 수 있는 공동선이 필요하다."

일정한 목표를 향해 걸어 나아가는 '진보'보다도 인간회복이라는 뜻으로 '완성'의 추구가 더 본질적이다.

프랑크푸르트학파의 하버마스가 말하였다. "볼셰비키 혁명은 계급의 전복만 목표로 삼고 '자유'의 제도화에 대해서는 한마디도 한 말이 없다." 그리하여 1당 체제의 관료화가 동맥경화를 일으켜 자체 붕괴를 하게 되었다는 것이다.

남쪽 기자가 말하였다.

"사람을 효율의 데이터로 간주하는 것은 일면적이다. 사람이 지니는 내면의 부피와 깊이는 한이 없다."

이것은 루카치도 말한 내포적 총체성의 끝없는 깊이와 같은 뜻의 말이다. 눈에 보이는 외연적 총체성보다 더 중요한 것이다.

남쪽 기자는 북쪽에서 강제된 이른바 진보적 민주주의 명분에 대해서도 추궁하였다. '진보'의 개념에 대해서도 현대의 지성이 재인식할 것이 있다. 진보는 발전사관의 뜻으로 정당하게 사용할 수 있는 말이다. 그러나 진보가 제도적 이념의 뜻으로만 쓰여서는 안 된다. 제도는 인간이 관리하는 것이므로 먼저 필요한 것은 '인격의 진보'이다.

한국 사회에서 근래에 날이 갈수록 보수와 진보의 대립을 말하는 풍조가 있다. 보수는 물질과 계층의 기득권을 지키는 것이 아니고 전통적 정신 가치를 지키는 것이어야 한다. 진보는 급진적 수단이 아니고 인격의 쇄신이어야 한다. 이것이 진보다운 진보이다.

『판문점』에서는 남쪽 기자가 북쪽을 가리켜 '진보적 민주주의'다운 것이냐고 물었지만, 최근에는 남쪽에서도 진보와 민주주의를 으레 묶어서 말하고 있다. 남과 북에서 함께 진보를 지칭하는 셈이다. 그러면 과연 남한에서만 살펴보더라도 진보적 민주화 운동은 진보다웠는지 성찰해 볼 수 있다. 진보라기보다 민주 정권다운 명예를 지켜 가지 못하였다.

『판문점』2에서 해방 후 북으로부터 내려온 이들로서 큰 부자가 된 많은 사람들이 돈을 짊어지고 북쪽 고향에 돌아가는 환상이 거론되었다. 지난날 현대의 정주영 회장이 그렇게 해서 금강산 관광과 개성공단 건설까지 성사시켰다. 그것도 민주당의 김대중 정부 시절이니까 가능했다.

대화는 언제 어디서 누구와도 이루어져야 한다. 나를 박해하는 이와도 대화해야 하고 오류가 있는 상대와도 대화해야 한다. 오류가 있는 이에게도 인간으로서의 존엄성은 계속 남아 있기 때문이다. 이와 같이 대화해야 하는 이유는 진리를 공유해야 하기 때문이다. 『판문점』2에서 남북연합에 참석하는 문제도 좌와 우의 성분과 절차에 과민하게 유의하지 않아도 될 것이다. 『2013년 체제 만들기』에서 보면 최대한으로 민간 사회가 참여하는 조건이며, 대화할 내용도 만나서 자연스럽게 결정해 나아갈 것을 희망하고 있다. 요는 대화, 그 자체가 중요하다는 것이다.

소설은 자기를 넘어서는 이상에 눈뜨는 인간이 보편적 가치를 형상화하는 작업이다.

인간을 위하여

다양성 안의 일치, 이것은 세계의 존재 방식이다. 세상에 똑같은 사물이나 똑같은 사람은 하나도 없다. 그러나 그것이 어디로부터 왔는지 만인의 가슴 속에 실천으로 내모는 하나의 도덕법칙이 있다고 말한 것이 칸트의 실천이성이다. 여기에서 수많은 개성들은 말없이 만나서 하나가 된다.

여기에서 소설이 대중을 움직이는 힘이 되는 수도 있다. 그러나 개성이 강한 작가는 간섭을 싫어한다. 그 결과에 대해 제3의 공간에서 공론화한다면 그것은 별도로 일치의 계기가 될 것이다.

1990년대는 불특정 대상의 분위기에서도 상실과 반발의 시간이었던 것 같다. 이때 한국소설의 신선한 문체들이 주제를 거부하는 것 같은 현상이 나타났다. 그 양상은 하나의 레토릭일지, 수사마저도 거부하는 수사일지, 그리고 이 흐름은 오래 이어지기도 한다.

구효서의 소설 「깡통 따개가 없는 마을」에 실린 다음과 같은 '머리말'이 있다. "소설다운 소설을 써 보겠다는 순수한 의지 따위는 이미 오래전에 바래 없어졌는지도 모릅니다. …… 소설이라는 것이 사회를 진단하고 문제를 제기하고 나아가서는 바람직한 치유책 같은 것까지 제시할 수 있는 작업이라곤 결코 생각하지 않으니까요."

작품의 초두에는 다음과 같은 말도 나온다. "소설 쓰기란 결국 하찮은 것을 진지하게 생각하거나 진지한 것을 하찮게 생각하기 둘 중의 하나다." 「깡통 따개가 없는 마을」이란 작품 제목 자체는 얼핏 가공식품이 없는 무공해 마을을 연상시킨다. 그러나 작품의 실제 내용은 예상과 전혀 다르다. 주인공인 작가는 잘 팔릴 만한 소설을 구상한다고 한적한 시골 마을을 찾아갔다. 거기에서 야생화들을 꺾어 와 방에 꽂아 둘 그릇 대용으로 깡통 70개를 구했고 그 깡통들의 뚜껑을 제거하려고 따개를 구하러 다니는 이야기이다. 집으로 돌아오는 작가는 버스에서 내려 공중전화로 가서 아내에게 말한다. "어떡하지? 여기가 어딘지 모르겠어." 이것이 작품의 끝이다.

이 작가는 「깡통 따개가 없는 마을」에 앞서 장편소설 『늪을 건너는 법』을 발표하였다. 두 작품집에 나타나는 작가의식에 일관되는 성격이 있다. 강화도 지역에는 삼별초의 후예로 '나림'의 무리가 있다고 한다. 이들은 임진왜란 병자호란 척양 항일 해방기 자주 독립의 관철 운동에 계속 궐기해 중앙 권력으로부터 토벌을 당한다. 신기하게도 이 나림 무리의 뿌리가 뽑히지 않는다는 것이 소설의 내용이다. 그런데 수세기에 걸친 이 민중 항거의 잔존은 토벌 당국의 책략에 의한 것이라는 것이 작가의 해석이다.

제사 때 쓸 닭을 사육하듯이 중앙 권력은 백성을 통치하기에 필요한 만큼의 겁을 주는 토벌을 하고 일부는 남겨 둔다는 것이다. 결국 백성은 계속 역사 안에서 농락을 당한다는 냉소주의의 관점이다. 이렇게 되면 이 작가의 소설이 사회와 역사의 문제에 가치와 의욕을 담기가 어렵지 않겠는가. 그리하여 「깡통 따개가 없는 마을」의 주인공은 자기 마을에 이르러서도 집을 찾아갈 방향을 모르게 되는 것이 아니겠는가.

같은 1990년대 작가로서 윤대녕의 소설 「은어 낚시 통신」이 성가를 얻었다. 이 소설에 은어 낚시회의 취지 같은 것이 나타난다. "일테면 우리에게도 헌법이 있는 거예요. 제2조 1항 마리화나, 2항 카메라와 프리 섹스……." 더 나아가 낚시회의 철학 같은 것이 제시된다. "그 먼 존재의 시원, 말하자면 내가 원래 있어야만 하는 장소로 돌아가기까지, 나는 보다 많은 밤과 낮을 필요로 해야 했다. …… 아침이 오기까지 나는 그녀의 손을 잡고 내 살아온 서른 해를 가만가만 벗어던지며, 내가 원래 존재했던 장소로, 지느러미를 끌고 천천히 거슬러 올라가고 있었다." 벗어던진다는 것은 순진한 처녀와 함께 옷을 벗어던지는 것이다.

작가가 자신의 문학정신 편력을 밝힌 것이 있다(「시원을 찾아 거슬러 가는 생리적 상상력」). "내가 할 수 있는 일은 어쩌면 집단 공동체나 사회에 대한 담론보다 바로 인간 자체에 대한 근본적인 질문이 아닐까 한다. (…중략…) 칠팔십 년대에 정치적 사회적으로 억압된 삶을 살아오면서 내적 삶의 질서가 흐트러졌다고 본다. 그 억압됐던 것들이 지금 문화라는 출구를 통해 걷잡을 수 없이 폭발해 나오고 있다. 포스트모더니즘으

로 시작된, 새로운 삶의 방식에 대한 질문이 지금 신세대 논의로까지 번지고 있다는 느낌이다.[1]

소설 『미아리 통신』에는 미아리고개에 늘어선 점집의 간판들이 있다. 같은 세대인 운동권 출신의 점쟁이를 찾아간 사람들이 지닌 공통의 감각은 허무주의이다.[2] 점집의 간판들은 가면이다. 미아리의 가면무도회이다."

그리고 작가는 또 말한다. "우리 팔구십 년대의 작품들보다 오히려 육칠십 년대의 작품들을 무척 좋아한다. 적어도 내적 울림과 문학을 대하는 태도에서 늘 어떤 요구 같은 걸 받고 있다는 뜻이다. …… 무슨무슨 주의ism를 찾기에는 지난 시대가 가져다 준 시행착오의 상처가 아직도 너무 깊다는 생각이다."[3]

포스트모더니즘도 한 주의로서는 마찬가지로 시행착오를 드러내고 있다. 지금 이미 포스트모더니즘에서 어떤 가능성을 보고 기대를 거는 이는 거의 없다. 그러나 아직 어떤 돌파구가 생긴 것도 아니다.

2000년대 작가 김애란의 소설이 신선한 문체를 보이고 있다. 이 작가가 스스로 택한 대표작 「누가 해변에서 함부로 불꽃놀이를 하는가」를 보면 환상적인 재미로 독자가 읽기를 중단하기 어렵게 한다. 그런데 이 작품은 다음과 같이 끝을 맺는다. "이건 모두 꿈일지도 모르지만 나에게 오기 위해 북태평양에서 수천만 킬로미터를 날아온 바람처럼, 어쩐지 나는 그 꿈과 만나야만 할 것 같다." 아버지와 어머니의 환상 같은 사랑 이야기에 이어진 대목이지만 소설의 마무리 서술로서는 사뭇 몽롱하다.

김애란의 소설에는 언어에 대한 관심들이 나온다. 「침묵의 미래」도

---

1   윤대녕, 「시원을 찾아 거슬러 가는 생리적 상상력」, 294면.
2   윤대녕, 『미아리 통신』, 299면.
3   위의 책, 302면.

메타언어 형식의 작품이다. "중앙에서는 멸종 위기에 처한 세계 곳곳의 언어를 보호하고 사람들에게 경각심을 일깨워 주기 위해 이 단지를 세웠다. 결과는 그 반대였다. 그리고 그건 중앙에서 내심 바라는 바이기도 했다. 그들은 잊어버리기 위해 애도했다. 멸시하기 위해 치켜세웠고, 죽여 버리기 위해 기도했다. 어쩌면 처음부터 모두 기획된 거였는지 몰랐다." '소수언어박물관'이란 곳에 대한 이야기이다.

존재와 맞먹을 만큼 소중한 언어에 대한 애착의 역설적 표현이라 하더라도 소수언어박물관의 형상은 돌파구가 없는 정체의 소멸 같은 것이다. 작가는 「침묵의 미래」에서 말하고 있다. "나는 구름처럼 가볍고 바람처럼 분방해 시시각각 어디론가 이동한다. 그러나 나와 비슷한 것과 쉽게 결합한다. 다른 영靈들과 만나 몸을 섞는다. 몸을 불려 지상에 그림자를 드리운다. 그 그늘로 단어에 수의壽衣를 입힌다. 나는 시원이자 결말……."

비교언어학의 창시자 소쉬르와 탈구조주의자 푸코는 통시적 역사의식을 배제하였다. 공시적 단층에 충실하고자 하였다. 그러나 이것은 과거와 미래로 도피하는 정신이다. '시원이자 결말'임을 자처하는 말도 같은 뜻이다. '지금 여기에서, 현실적 사건의 복판에 전개된 삶을 감당하는 것'. 이것이 오히려 작품의 창작이며 인간으로서의 존재 증명이다.

1970~1980년대의 정치적 탄압에서 인간의 내적 질서가 무너졌다고 하지만, 1990년대와 2000년대의 이른바 신자유주의 경제는 더 심각하게 인간의 품위를 훼손하고 있다. 거대한 금융경제가 세계화한다는데, 한국의 젊은 세대 82퍼센트는 아예 취업의 의욕마저 갖기 어려운 상황이다.

신자유주의의 발상지인 미국 뉴욕의 월가에서마저 '1퍼센트를 위한 99퍼센트 시민의 희생'에 대한 항의 시위가 일어났다.

2000년대 작가 박민규의 장편소설 『삼미 슈퍼스타즈의 마지막 팬클

럽』은 신자유주의의 와중에서도 탈출구를 향해 가는 것 같다. 소설의 주
인공은 개인만이 아니다. 사회의 대중이 함께 어우러져 있다. 정치에 대
해서는 사람들이 "다 똑같은 놈들이야. 전부 도둑놈들이야" 말하곤 한
다. 그러나 가령 야구 같은 경우는 다르다. "정치와는 달리 야구에는 원
칙과 룰이라는 것이 있기 때문이다." 이것이 순수한 스포츠의 매력이다.

인천에 근거를 둔 삼미 슈퍼스타즈 구단이 창단되었을 때 주민 전부가
열광하였다. 경기에서 이길 때에도 질 때에도 소년들은 서로 부둥켜안고
울음을 터트린다. 그런데 이것은 프로 야구이다. 인간도 프로급 사원 즉
전문 인력이 되어야 하는 시대가 왔다. 프로만이 살아남는다. 회사에서 지위
를 굳히려면 가정을 버리게 되는 수도 있다. 역시 준열한 압박의 시대이다.

가정에 소홀해진 남편은 아내와 이혼까지 했지만 제3차 구조조정은
넘어서기가 힘들어 실직자가 된다. 삼미 구단은 패배를 일삼다가 해체
되었지만 그것은 잊을 수 없이 자연스럽고 인간적인 야구였다. 일본 후
루에 마을의 야구도 그런 것이었다. 필요 이상으로 속구를 던지는 투수
도 없고, 무리를 하는 타자도 없고, 강변 마을 기차역의 푸른 하늘을 날
아가는 작고 때 묻은 야구공. 이 야구는 다만 신명나는 축제 마당이었다.

일본 재산가의 아들이며 인텔리인 사카에는 좋은 직장도 버리고 노숙
자 생활을 하는 자유인이다. 소설의 주인공은 이 일본인을 맞아들여 낭만
적인 구단을 재구성한다. 거침없는 자유행동과 장난을 연출하는 야구를
하면서 주인공은 인간성을 회복한다. 아내를 찾아가 재결합을 하고 가진
것 없이 가난해서 더 행복하다. 새로운 생명을 잉태하기도 한다. 박민규
소설의 돋보이는 성과이다. 그러나 작가는 이 성과를 하나의 전위적 성공
사례로 과시하고 또 다른 실험에 눈길을 돌려서는 안 된다. 총체성 · 전형
성 · 전망의 원리를 알고 리얼리즘의 큰 길을 계속 걸어가야 한다.

　물질사회의 조직적 인간 소외, 이것이 후기 자본주의 시대도 지나고 거대한 금융경제가 지구화하고 있는 신자유주의 시대의 큰 재앙이다. 1991년 소련 연방의 붕괴로 자본주의 진영이 현실 사회주의 진영과의 대결에서 승리했지만, 자본주의 진영 자체는 도덕적 원칙에서 탈선하는 부작용으로 계속 인간 소외의 세계를 수습하지 못하고 있다.

　말로는 늘 민주주의가 모든 문제의 대안이다. 민주주의가 되려면 국민이 움직여서 주인이 되어야 하고 갈 길을 열어야 한다. 그런데 지금 국민이 잘 움직이지 않는다. 그들에게 자기신뢰를 주는 철학이 없기 때문이다.

　세계적으로 근대 시민 사회를 열던 계몽기에는 철학자와 문학인 들이 실제로 시민의 편에 서서 한 몸이 되었었다. 볼테르는 자기 소유의 페르네 성城을 버리고 나와 민주주의를 위한 에세이와 소설을 썼다. 『레 미제라블』을 쓴 빅토르 위고도 정치적 소신 때문에 19년 동안 망명생활을 하는 속에서 그 대작 소설을 썼다. 에밀 졸라도 실제로 노동자와 사회적 약자들의 편이었다.

　그 뒤 산업사회가 발전해 가는 과정에서 전 시대에는 가장 큰 분야였던 제조업계가 대폭 줄어들고 서비스업과 관리직 분야가 확대되었다. 점차로 기층 민중이 줄어들었다.

　사회학자들의 분석적 논문도 관념론처럼 힘을 잃어 간다. 국회에서 입법을 하는 정치인이 아닌 지성인들은 지난 투쟁의 시기 경력의 도덕적 권위를 점점 잃어가며 발전의 역사 안에서 지도적 능력을 발휘하지 못한다.

　사회적으로 인간성의 회복이 갈구되어 인문학을 북돋우는 운동이 요청되고 있다. 아울러 인간본성 안에 있는 이성과 언어의 가치 창조 작업인 문학의 사명도 새삼 환기되는 상황이다. 산문정신의 예술인 소설에 돌아오는 성찰의 과제가 된다.

그런데 지금 소설이 어떠한 상태에 있는가. 속중의 지리멸렬을 넘어서는 새로운 나에 눈뜨는 산문정신의 예술을 구현하고 있는가. 참신한 문체는 시적 감수성을 따라가고 주제의 부재는 허무에 배회하다 엽기에까지 나아가는 현상이 있다.

1990년대 작가가 차라리 1960~1970년대 문학의 내적 울림과 문학의 본질에 대한 자체 요구를 그리워한다는 뜻의 발언을 한 것이 다시 울림이 되고 있다. 그러나 과거 회귀가 아니고 미래 예측결정론도 아니면서, '지금 여기에서' 소용돌이치는 삶을 감당하는 소설을 써야 할 것이다.

"거품처럼 사라지면서도 계속되는 변화 속에서 변하지 않는 거점이 있으면 이것이야말로 바로 돌파구이다." 철학자 막스 뮐러의 말이다. 현실의 총체적 모습에서 본질인 전형을 보고 이상의 전망을 가지고 있는, 돌파구와 같은 소설들이 한편으로 없는 것은 아니다. 이 거점에 대한 이야기는 여기에서 미처 다 하지 못한다.

박완서의 소설

2000년대에서도 한국소설의 열린 대로를 보여주는 작가가 있었다. 왕성하게 작업을 하는 중에 아깝게도 그는 생애를 마쳤다. 그러나 그가 제시한 소설의 길은 계속 남아 있다. 그것은 박완서 소설의 길이었다.

소설가 박완서는 한국 가톨릭문인회 회원이다. 1980년대에는 홍윤숙 시인을 비롯한 대여섯 명의 가톨릭 문인들이 서강대학교 정양모 신부의 신약 싱경 강의를 들으러 다녔다. 햇수로 3년간 계속된 이 모임에 작가 박완서도 동참하였다. 저녁에 강의가 끝나고 신촌 전철역 쪽으로 언덕 길을 넘어오다가 으레 뒷골목의 허름한 식당에 들러 함께 저녁 식사를 하였다.

그렇게 되면 박완서는 되도록 식비를 자신이 내려고 든다. 어떤 날엔 신을 신고 걷는 복도를 소설가 박완서가 양말발로 먼저 달려 나가 카운 터에서 계산을 하기도 하였다. 그처럼 그는 서민적이고 소탈한 성품을 지니고 있었다.

2011년 3월 박완서 소설가의 별세 소식이 전해지자 언론 지면들은, 역 시 그가 서민들의 일상생활을 소재로 삼으면서도 올곧은 역사의식을 가 지고 사회 현실을 다루었다고 일치하는 평가를 하였다.

원래 마흔 살의 늦은 나이에 소설을 쓰기 시작해 40년 동안 방대한 양 의 작품들을 발표했으나, 그의 능력과 포부로는 이제부터 대하소설을 쓸 수도 있었다. 이 때문에 문단과 독자 대중이 작가 박완서의 별세를 애 석해 하였다.

꼭 대하소설의 규모는 아니었다 하더라도 박완서는 이미 장편『엄마 의 말뚝』,『그 많던 싱아는 누가 다 먹었을까』,『그 산이 정말 거기 있었 을까』 등을 비롯한 방대한 양의 작업을 이루어 놓았다. 이 작업을 통해 작가 박완서는 해방 후의 남북 분단과 6·25전쟁에서 참담한 생존을 겪 는 일상의 인간들을 적나라하게 그렸다. 그의 소설적 문체는 이데올로 기적 관념이나 권력의 횡포 속에서 현실 적응에 무력하고 어설픈 인간 들을 생동하게 그려, 비정한 세태가 곧 역사의 참된 성찰에 이어지게 한 공적이 있다. 따라서 박완서 소설을 수용하는 독자층이 대단히 넓다. 미 약하고 가난하면서도 인간성의 건강한 아름다움을 풍부하게 제시한 박 완서 소설세계의 가치는 계속 탐구의 대상으로 남는다.

박완서는 원래 인간 개개인의 부조리한 한계에 대해서 잘 인식하고 있었다. 작가들도 그렇고 세상의 많은 사람이 머지않아 자기의 생애가 어쩔 수 없이 끝난다는 사실과 그 죽음의 때는 순서도 없이 갑자기 오기도 한다는 엄혹한 사실을 잊고 지낸다. 인간의 무력한 한계를 제대로 인식한다면 그가 어떠한 처지에서 어떠한 역할을 하고 있어도 결코 무리하게 욕심을 내서 스스로 불행해지는 어리석음에 빠지지 않을 것이다. 그러므로 인간의 한계를 가장 잘 아는 사람이 가장 인간적인 사람이며 훌륭한 사람이라는 역설 같은 진리도 성립된다.

그러나 인간은 그만큼 약하므로, 또한 되도록 평화롭고 행복하게 지낼 수 있었으면 하는 소망도 가진다.

박완서의 소설 「저문 날의 삽화 5」는 한 소박한 사람이 기도하는 작은 밀실을 보여준다.

"우리 직계 식구들 사이의 죽음만이라도 태어난 순서대로 이루어지이다라고 빌 때처럼 마음이 간절해질 때는 없다우." 소설 속의 아내가 골방에 십자고상을 놓고 촛불도 밝혀 놓고 기도하는 내용이다. 다른 욕심은 더 부리지도 않고 이 순서대로 죽기만을 하느님에게 열심히 알랑거리며 빌고 있다고 한다.

그러나 이 기도마저도 받아들여지지 않는다. 작가 박완서는 이미 6·25전쟁 때에 한창 젊은 나이의 오빠가 어머니보다 먼저 세상을 떠나는 것을 보았다. 그리고 작가가 된 후 58세 때에도 3개월 간격으로 남편과 외아들이 세상을 떠나는 불행을 겪는다. 작가는 한때 참혹한 심경에서 좌절했지만 끝내 다시 홀로서기에 이르고 계속 소설을 써 나아갔다.

"나의 홀로서기는 내가 혼자가 아니었기 때문에 가능했다고 생각한다. 먼저 간 남편과 아들과 서루 깊이 사랑하고 믿었던 그 좋은 추억의 도움이 없었다면 내가 설사 홀로 섰다고 해도 그건 허세에 불과했을 것이다. 나는 요즈음 들어 어렴풋하고도 분명하게, 눈에 보이지 않는 사람의 이런 도움이야말로 신의 자비하신 숨결이라는 것도 느끼게 되었다. 주여 저에게 다시 이 세상을 사랑할 수 있는 능력을 주셔서 감사합니다."(내면 일기 『한 말씀만 하소서』)

이것이 작가 박완서의 신앙이며, 이 신앙을 진솔하게 기록해 나아가는 것이 그의 소설이었다. 그는 비통을 겪고도 다시 일어나 소설을 썼고 이 작업을 통해 영원 속에 불멸의 존재로 진입하였다.

비평의 엉킴과 흐름

평상심의 문학

쓸모없는 것도 쓸모가 있다는 이야기가 『장자莊子』 잡편 「외물外物」에 실려 있다. 서로 친우 사이인 장자와 혜자가 만났는데, 혜자가 말하기를 "자네가 하는 이야기는 쓸모가 없네그려" 하였다. 장자가 대답하였다. "쓸모가 없는 것도 쓸모가 있다네. 가령 이 넓은 땅에 자네에게 쓸모가 있는 땅은 우선 발을 붙이고 선 자리이겠지. 그러면 자네가 선 자리만 남겨 놓고 다른 땅이 다 꺼져 없어진다면 자네가 디디고 선 땅인들 쓸모가 있겠는가?" 혜자는 "쓸모가 없겠구먼" 하였다.

이 이야기를 더 확대해 보자. 사람이 디디고 선 자리뿐 아니라 집터와 농지만 남겨 놓고 다른 땅이 다 없어진다면 마찬가지로 집터도 농지도 사용할 수가 없게 된다. 내 것 아닌 땅을 밟지 않으면 집에도 농지에도 갈 수가 없다. 장자가 결론적으로 말하였다. "쓸모가 없는 것도 결국 쓸모가 있지."

1970년에 나는 문학평론 「한국 리얼리즘 문학의 형성」을 써서 『창작과 비평』 여름호에 발표하였다. 이 평론의 끝 부분에 나는 다음과 같은 말을 덧붙여 놓았다.

이 리얼리즘의 문학이 일시적, 지역적 풍조로 이해되거나 획일주의를 고집하는 도식으로 이해되어서는 안 된다. 대하의 수심은 산만한 요동이 없이 전진하는 것처럼 리얼리즘의 문학은 다만 주류의 저변을 이루는 데에서 그쳐야 할 것이다.

리얼리즘론은 얼핏 생각하기에도 강골의 거대담론인데 소신에 따른 주장으로 끝낼 일이지, 왜 다른 견해들 속의 '주류' 정도를 자청하는가. 이 때문에 가까운 주변으로부터도 동의하지 않는 견해가 있었다.

그러나 일찍부터 나는 은연중에 장자의 무용지용無用之用 생각에 붙들렸고, 야박하게 공격해 남들을 불편하게 하고 싶지 않은 마음이 있었다. 그리하여 그 '주류'도 겉으로 보이지 않는 수심 속에서 다만 정대한 방향을 향해 의연히 전진하는 '저변'을 이루는 데서 그쳐야 할 것이라고 한 것이다.

그러면 하필 리얼리즘론인가. 「한국 리얼리즘 문학의 형성」을 쓴 것은 1960년의 4·19민주혁명 무렵부터 대두한 이른바 참여문학의 발전적 원리론으로 필요하기 때문이었다. 이 글에서 나는 발자크의 소설과 하우저·루카치 등의 이론을 인용해 총체성 전형성 전망을 거론하기도 하였다.

그러나 이 점에 있어서도 나는 서양의 특정 이데올로기에 휩쓸리는 생각은 아니었다. 리얼리즘이 무슨 사진을 찍듯이 하는 일도 아니고 투쟁의 구호를 외치자는 뜻도 아니고, 사실대로 진실대로 살고 싶다는 뜻으로 받아들였다. 장자의 무용지용을 애기한 결에 한마디 더 한다면 동양정신 나름의 '평상심平常心'으로 살고 싶다는 말이다.

그러니까 리얼리즘론에서 내가 작품을 예로 든 것이 하근찬의 소설 「수난이대」, 「왕릉과 주둔군」, 「삼각의 집」이었다. 발자크가 왕당파 보수주의자였으면서 시민사회의 민주의식을 내포한 소설을 썼다고 하거니와, 하근찬이야말로 리얼리즘을 알지도 못하고 관심도 없는 사람이다. 그러나 그가 쓴 소설들은 그 당대 현실의 진실이었다. 심지어 제3세계 문학의 걸작으로 꼽힐 요소들을 지니고 있다고 지금도 나는 생각한다.

하근찬을 예로 든 것 때문에 어느 평론가는 내 리얼리즘론에서 작품 인용 부분에 아쉬움이 있다고 하였다. 그러나 그 당시에는 막상 적절한 작품들이 드물었다. 4·19 직후에 최인훈의 『광장』과 이호철의 「판문점」이 발표되었다. 이 소설들은 제1공화국 시대에 가혹했던 반공법이 북한의 상황과 이데올로기를 소재로 다루지도 못하게 했던 사슬을 끊은 데에서 획기적인 성과였다.

그러나 『광장』의 주인공 이명준은 휴전으로 인한 포로 교환 때 제3국을 택해 떠났다가 배 위에서 바다에 투신한다. 「판문점」의 남녀 주인공은 판문점에서 조그만 지프차 안에 숨어 들어가 남북의 이데올로기 갈등에 관해 원숙하고 세련된 대화를 나눈다. 그런데 이 두 작품은 생활의 공간을 결여하고 있는 점이 한계로 느껴졌다.

신경림의 시 「농무」와 황석영의 소설 「객지」는 생활의 구체성과 총체적 상황을 담고 있어 비로소 리얼리즘 문학론에 인용할 수 있게 되었는데, 그러나 이 작품들은 1971년에 발표되었다. 내 리얼리즘론이 발표된 다음 해의 작품들이다. 그러한 단계에서 나는 하근찬을 거론하였다.

뒷날에 강진호의 비평 「민중의 근원적 힘과 유우머 ― 하근찬론」이 발표되었다. 하근찬을 "50년대 후반과 60년대 소설사에서 현실에 대한 객관적 인식과 삶에 대한 긍정적 의지를 바탕으로 리얼리즘 문학의 형성에 기여한 중요한 작가로 평가할 수 있다"고 하였다.

그런대로 1970년대 전반기는 이른바 리얼리즘 논쟁으로 떠들썩한 계절이었다. 세상의 일은 억지로는 되지 않는다. 누가 혼자서 무슨 주장을 해서 되는 것이 아니다. 저절로 여럿이 나서서 힘을 합칠 때 어떤 일이 어느 정도 이루어진다.

하나의 우연한 자리인 것처럼 보이는 것이 『사상계』 1970년 4월호 지상좌담 「4·19와 한국문학」이다. 내가 참석한 이 자리에서 리얼리즘을 긍정하고 반대하는 논쟁이 벌어졌다. 리얼리즘을 반대한 김현이 발자크와 관계되는 19세기 근대 리얼리즘 문학을 비판하였다. "중요한 것은 발자크는 '자신의 의사에 반反한' 리얼리스트라는 점인데, '망할 놈의 현실' 하는 식의 조소에서 얻어진 것인지도 모르지요." 이것이 김현의 발언이다. 개인적으로 친우 사이인 염무웅이 김현의 이 발언에 대해 "거의 농담 같은 궤변"이라고 『문학사상』에서 혹평을 하였다. 이 논급 말고도 염무웅은 「리얼리즘의 심화시대」에서 리얼리즘 옹호론을 발표하였다. "리얼리즘이 단순한 재생으로만 설명되어서는 안 되고 비전과 심화를 뜻하는 것이 분명하다"고 하였다. (『월간중앙』, 1970.12)

여기에 백낙청도 리얼리즘 옹호론을 추가하였다. "현대 서양문학이 외부 현실의 불모성과 역사 행위의 무의미성을 표방하여 리얼리즘에 위배되는 경향을 지니는바, 퇴영적 서양문학을 주체적으로 지양하는 민족문학은 자연히 리얼리즘을 취하게 된다."(「민족문학의 현 단계」, 『창작과 비평』, 1975 봄)

지금 새삼스레 1970년대의 이야기를 상기하는 것은 그 논의의 내용들이 필경 앞으로도 오래 한국문학의 평상심을 가늠하는 데에 바탕이 될 것으로 보이기 때문이다.

1980년대는 광주 민주항쟁의 충격을 문학이 감당하느라고 혹심한 어려움에 처한 시기였다. 고뇌 속에서도 문학정신이 정지되어 있을 수는 없었고 현장 체험을 포함한 창작 작업들이 있었다. 비평은 더욱 예민하게 반응해 종래의 민족문학 또는 리얼리즘 문학 명제를 '민중문학'으로 진전시키는 추세가 나타났다.

1970년대 지식인 문학 계열은 마치 제2선으로 물러나 있어 보라는 듯한 젊은 세대 비평가들의 목소리가 나타났다. 노동자 문학, 중심의 건설 등 격한 주장이 등장하기도 하였다.

나라의 현실 자체가 명목상으로만 자유민주주의 국가였다. 신군부의 통치 아래 놓이게 되는 양심 세력의 저항을 부정할 수도 없는 상황이었다. 이러한 시기를 거치면서 문학계의 비평정신은 은연중에 사회주의 리얼리즘에 연결되는 현상이 일부 생겼다.

그런데 문제는 현실사회주의 진영 자체에서 개혁 개방 운동이 일어나 동유럽 나라들이 먼저 개방 체제로 진입하고 이어서 소련마저 스스로 당의 간판을 내리는 현실이 발생하였다.

한국의 지식사회는 1980년대에 부쩍 사회구성체 논의를 비롯해 이른바 의식화 기운을 확대하고 있었다. 당시 지식사회의 통념으로는 '자본주의적 근대와 사회주의적 현대'를 생각하고 있었다.(이병천, 「좌담 : 한국 근현대사의 성격과 민족운동」)

시대구분 의식이면서 동시에 이데올로기 성향이 있는 이 '근대'와 자본주의 개념은 세계적으로도 지식사회에서 오래 유통되어 온 것이다. 현실사회주의 진영에 변화가 있다 하더라도 간단히 따라서 변하지는 않았다. 그러면서 갈등과 혼란의 논리들이 제기되었다.

이러한 속에서 가장 명료한 반응은 최원식의 비평 「한국문학의 근대성을 다시 생각한다」에서 나타났다.

'근대 이후'를 자처했던 현존 사회주의의 붕괴, '근대성modernity'이 다시 문제적 범주로 떠올랐다. 1917년 볼셰비키혁명으로 출현한 사회주의 체제의 '근대 이후' 지향은 진정한 의미의 근대 철폐가 아니었고 근대의 연장이거나 또 다른 방식의 '근대 따라잡기'였음이 이제는 명백해졌다.

이어서 '근대 부르주아 문학, 현대 프롤레타리아 문학'이란 도식이 훼손당하였다는 말도 하였다.

실제에 있어서는 많은 사람이 근대와 현대를 구분해 생각했다거나 그 구분에 계급이나 문학을 연관 지어 생각하지는 못하였다. 그러나 상당한 비중을 지니고 있는 지성인들이 그러한 이념을 견지하고 있는 것은 하나의 사회적 문제라고 할 수 있다.

1992년에 이르러 나는 「광의의 리얼리즘 문학론」을 발표하였다(『창작과 비평』 가을). 거기에서 나는 리얼리즘의 범위를 넓혀서 이야기하였다. 루카치가 고대 그리스에서부터 리얼리즘 문학을 보고 근대 유럽의 발지

크 소설에까지 연결시킨 이야기도 하였다. 이렇게 문학사를 한 덩어리로 보자면 층위에 따라 '시대적 한계'도 양해해야 한다고 하였다.

가령 조선왕조 시대를 소재로 한 소설에서 왕정을 타파하고 시민민주주의 혁명을 일으키지 못했다고 탓하는 것은 무리가 아니냐는 것이다.

여기에서도 나는 또 리얼리즘 '주류론'을 덧붙였는데, 상대적으로 아이디얼리즘을 병치하면서 주류 형성이 잘 되겠느냐는 의문의 견해를 들었다. 역시 '무용지용'이라는 내 생각을 이해 못하는 데서 오는 오해이다. 또 광의로 범위를 잡으며 시대적 한계를 양해한다고 하니 현대 리얼리즘의 당파성 가치를 해당시킬 수 없는 '2분법'이 문제라는 견해도 있었다. 그러면 발자크의 소설에서 당대에는 있지도 않았던 사회주의 리얼리즘의 당파성 요소를 내포시켰어야 했다는 말인가. 이 점은 내가 이해할 수 없었다.

가장 문제가 되는 것은 1990년대부터 백낙청의 비평에 '자본주의 근대'를 극복해야 한다는 견해가 생겨 있는 것이다. 이러한 생각은 관점에 따라 일리가 있다. 즉 신자유주의 같은 경우이다. 그러나 본질적으로는 근대라든가 자본주의가 반드시 악덕이라고 보기가 어려운 문제도 있을 것 같다.

고대・중세・근대라는 시대구분 개념으로서의 '근대'에는 원래 문제가 없다. 근대를 철폐하면 그다음 단계를 무어라고 불러야 할지 대안이 없다. 또 근대는 원래 '현대'와 같은 말이다.

자본주의의 본질은 사유재산제와 시장경제 원리이다. 사유재산권은 인간 자유권의 연장 개념으로서 정당한 사유제에는 잘못이 없다. 시장경제는 창의와 능률을 위해 필요한 것이다. 다만 강자와 약자 사이의 불공정 거래를 막을 의무가 있다.

요는 자본주의에 자유와 더불어 '책임'을 반드시 따라 붙이는 제도적 장치를 갖추도록 노력해야 한다. 아예 자본주의 자체를 철폐하는 일은 아무도 할 수 없고 되지도 않는다는 견해들이 더 우세하다. 지금 세계의 모든 나라가 형태는 다르더라도 경제 운영에서 자본주의 방식을 쓰지 않고 있는 나라는 거의 없다. 이 사회 현실에 일일이 '자본주의'를 전제해 의식하며 살지는 않지만 이 자유와 책임의 도덕적 균형 노력이 인간 본성과 자연법적 질서에 맞는 원리라는 것이다.

다만 백낙청의 비평은 '자본주의 근대'를 극복할 대안을 서양사상에서 찾지 않는 것이 독특하다. 동양의 유교·불교·도교를 거론하며, 고착된 정전으로서가 아니라 '인간다움을 구현하는' 현재적 실용을 목표로 온고이지신溫故而知新을 제창한다. 동아시아 전통 자산에 의한 인문정신의 복원 주장은 백낙청이 이미 1990년대에 발표한 「미래를 여는 우리의 시각」에서부터 2008년에 발표한 「근대 세계체제, 인문정신, 그리고 한국의 대학」에 이르도록 계속되어 세계 문명의 대안 격으로 제시되고 있다.

그렇다면 오늘날까지도 백낙청이 대체로 입장을 같이하고 있는 68혁명계열 월러스틴의 '자본주의 근대 극복론'은 '동아시아 인문정신 복원론'과 현실적으로 과연 어떠한 관계를 형성할 수 있을까. 이것이 하나의 문학적 상상력일지, 지금도 계속 그가 견지하고 있는 리얼리즘 당위론에는 어떻게 육화할지 주목하게 된다.

아울러 동양의 한국에 나서 살고 있는 우리의 평상심과 일상성日常性 안에서 문학은 창작과 비평의 작업을 계속하고 있다.

살아 있는 가치의식

문학잡지의 가짓수가 많아서 고르게 다 살펴보지 못하고 지내다가 한기욱의 비평 「문학의 새로움은 어디서 오는가」(『창작과 비평』, 2008 겨울)가 눈에 들어와 읽었다.

이 글은 요즈음 젊은 평론가들이 '문학의 새로움 찾기' 강박증에 걸린 듯한 경우들을 나열하며 검토해 놓았다. 그들은 '근대성'을 지워버린 새로운 소설의 작가들을 제시하였다. 이것이 말하자면 '새로운' 소설이겠는데 주로 '무중력 공간의 글쓰기', '무력한 자아'를 그렸다는 것이다.

한기욱으로서는 이들의 작품 분별이 타당한지도 의문이라고 하였다. 말하자면 '새로운 문학'의 제시를 수긍하기 어렵다는 것이다. 문학다운 문학과 함께 삶다운 삶도 생각해야 한다는 말도 하였다. 그러면서 그래도 근래에 주목하게 되는 작가와 작품들을 제시했는데 그중에 공선옥의 소설 『명랑한 밤길』이 있었다. 공선옥의 소설이 가난한 삶의 상투성 인상이 없지는 않지만, 생동하는 언어가 있고 그 안에 살아 일어서는 인간이 있음을 평가하고 있다.

결국 공선옥은 요즈음 사람들이 '낡았다'고 돌아보지 않는 리얼리즘 서사방식을 버리지 않고 오히려 리얼리즘의 더 깊은 안쪽으로 걸어 들어가는 것 같다고 하였다. 나로서도 새로운 소설들이 추구한다는 근대성 지워버리기의 그 '근대성' 개념이 어떠한 것인지 의문이려니와, 인간의 삶에 있어서 '새로움'의 의미야말로 쉽게 생각할 수 없는 것이라고 생각한다.

새로움은 인간의 외부에 있는 것이 아니라 각자의 내부에 있으며, 평범한 것의 비범함이 끝이 없다는 데에 눈을 뜨는 것이 진정한 새로움인 것이다. 평상심이 진리처럼 항구히 가치를 지닌다는 것도 같은 뜻이다. 공선옥은 내게도 인상 깊은 작가이며, 그의 소설 「목마른 계절」을 계속 평가하고 있다.

이 작품은 김대중 후보가 대선에서 세 번째로 낙선했을 때의 이야기이다. 이번에도 김대중이 낙선하면 우리 다 자살을 하자고 광주의 가난한 젊은 여성 셋이 취중에 약속을 하였다. 김대중 후보가 또 낙선을 하였다. 언니 격인 현순이 말한다.

아이엔지인기라
그만 그만 하고 싶어도 할 수 없어.
역사란 그런 거야.
김대중이가 지 할애비냐?
염병, 죽을 각오로 살자 그거여. 누구 좋으라고 죽냐 죽기를.

이 한 대목을 보고 나는 문학이 가장 소중하다고 긍정하였다.
이번에 현기영의 신간 장편소설 『누란』을 읽었다. 군사독재 시절의 남산 중앙정보부 지하실의 고문이 작품의 서두에 나올 때 그 괴로움과 충격에 이제는 스스로 짜증이 난다고 생각하였다. 고문에 못 이겨 정보기관에 타협하고 일본 유학을 다녀와 대학에 취직한 허 교수, 그 역정의 노출이 슬프다.
이제는 국회의원이 된 지난날의 기관원 김일광 의원이 조작을 해서라도 적화 남침의 위협이 있다고 해야 기관원들의 밥줄이 이어진다는 식의 말을 한다. 좌파 정권이 북에 식량과 비료를 마구 퍼주고 있다고 한다. 여겨위지는 허 교수가 말한다.

“아 어린 동생들을 등에 업어 키운 몽실이라는 계집아이가 생각나는군요.”

“뜬금없이 몽실이라니?”

“모르세요? 권정생이 지은 『몽실언니』, 언젠가 연속 드라마로 방송되기도 했는데?”

“그런데?”

“그 몽실이에게 묻는다면, 등에 업은 동생이 짐스럽지 않느냐고, 그러면 아마도 ‘이 아이는 짐이 아니라 제 동생이에요’라고 대답할 겁니다. 북한은 우리의 아픈 동생이에요.”

이 대목을 읽고 나는 또 이것은 문학만이 할 수 있는 말이라고 절감하였다. 문학은 우리의 말로 삶의 공간에서 일어나는 모든 사실과 진실을 섭렵하고 육화해서 영성의 차원에까지 승화시키는 특유의 창조 작업이다. 문학은 자유로이 다룰 수 없는 대상이 없다. 정치든 경제든 종교든 전쟁이든 문학적 형상화의 작업을 통해 다 소통할 수 있다. 문학 작품과 비평으로 독자에게 읽히는 내용은 그것이 이상주의적인 것이라 하더라도 꼭 실현이 불가능한 것도 아니고, 정치·경제 등 현실 사회 실무 분야 사람들의 불충실에 문제가 있다.

이상이나 진리는 표현된 그 자체로서 생명과 가치를 지닌다. 지금 이른바 지구화 시대에 큰 충격을 주고 있는 것이 ‘신자유주의’의 문제이다. 자유방임적 금융경제의 위력이 세계의 곳곳을 편력하며 약육강식의 횡포를 부린다. 그러다가 이 무리한 행태는 스스로 부풀리기의 기만과 비인간적 물질주의의 극치에서 질서를 잃고 파탄을 자초하였다. 신자유주의의 진원지인 미국이 곤경에 처하였다. 문제의 진원지인 시카고학파는 속수무책이고 유구무언이다.

비인간적 패권주의는 원래 문학과 대치되는 양상이다. 2009년 여름 부여에서 신동엽 시인 40주기 문학제가 열렸다. 행사 무대에서 시낭송 순서가 있었다. 도종환 시인이 등단해 고故 신동엽의 시 「산문시 1」을 낭송하였다.

스칸디나비아라든가 뭐라구 하는 고장에서는 아름다운 석양 대통령이라고 하는 직업을 가진 아저씨가 꽃 리본을 단 딸아이의 손 이끌고 백화점 거리 칫솔 사러 나오신단다. 탄광 퇴근하는 광부들 뒷주머니마다엔 기름 묻은 책 하이데거 럿셀 헤밍웨이 장자莊子. 휴가여행 떠나는 국무총리 서울역 삼등 대합실 매표구 앞을 뙤약볕 흡쓰며 줄지어 서 있을 때 그걸 본 서울역장 기쁘시겠소라는 인사 한 마디 남길뿐 평화스러이 자기 사무실 문 열고 들어가더란다. 남해에서 북강까지 넘실대는 물결 동해에서 서해까지 팔랑대는 꽃밭 땅에서 하늘로 치솟는 무지개 빛 분수 이름은 잊었지만 대통령 이름은 잘 몰라도 새 이름 꽃 이름 지휘자 이름 극작가 이름은 훤하더란다. 애당초 어느 쪽 패거리에도 총 쏘는 야만엔 가담치 않기로 작정한 그 지성知性 그래서 어린이들은 사람 죽이는 시늉을 아니 하고도 아름다운 놀이 꽃동산처럼 풍요로운 나라, 억만금을 준대도 싫었다. 자기네 포도밭은 사람 상처 내는 미사일 기지도 탱크 기지도 들어올 수 없소 끝끝내 사나이나라 배짱 지킨 국민들, 반도의 달밤 무너진 성터가의 입맞춤이며 푸짐한 타작 소리 춤 사색思索뿐 하늘로 가는 길가엔 황토 빛 노을 물든 석양 대통령이라고 하는 직함을 가진 신사가 자전거 꽁무니에 막걸리 병을 싣고 삼십 리 시인의 집을 놀러 가더란다.

좀 긴 시이지만 어느 한 대목도 생략할 수가 없다. 1968년에 신동엽이 발표한 시이다. 도종환 시인은 왜 이 시를 택해 읽었을까. 지금 세상에서도 이 시가 가장 새롭고 감명을 주는 작품이기 때문이었을 것이다.

또한 오창은은 2009년 봄에 「시적 상상력, 근대 체제를 겨누다—신동엽 40주기에 부쳐」라는 비평을 발표하였다.(『창작과 비평』) 오창은도 위 글에서 역시 「산문시 1」 전문을 인용해 놓았다. 그리고 "동의를 기반으로 민주적이고 평등하게 운영되면서도 평화주의적인 공동체는 경쟁이 아닌 상호 보살핌과 베풂을 향한 윤리적 노력을 통해 이루어질 수 있다"고 덧붙여 놓았다.

벌써 1960년대 말에 발표한 이 한 편의 시는 오늘날 이른바 신자유주의 세계 판도에서 저지르는 횡포를 말끔히 씻어 버리고 있다. 그리고 이 시의 내용은 황당무계한 허언이 아니다. 오늘날에도 신자유주의의 영향 안에 있는 나라는 미국·영국·일본·한국을 비롯한 일부 나라들이고, 유럽의 여러 나라들과 특히 북유럽 스칸디나비아권 나라들은 신동엽의 시가 보여주는 인간적인 사회를 현실로 살고 있다.

한국은 신자유주의권에 들어 있다고 하더라도, 국내 정치의 노력에 따라 스칸디나비아 나라들의 생활 여건에 거의 다가갈 수 없지도 않을 것이다. 한국의 문학은 이미 수십 년 전부터, 아니 수백 년 전부터, 자신을 수양하고 그다음에 나라 일을 해야 한다는 정신문화를 지니고 있었다.

오창은의 비평 제목에 있는 '근대 체제를 겨누다'라는 말은 신동엽 시인이 근대 체제를 타파하고 싶어 했다기보다 근대다운 근대 체제를 이루어 인간다운 삶의 마을을 구현하기를 희구했다고 풀이하는 것으로 보인다.

오늘의 젊은 비평가들이 한국 현대문학 안에서 항구히 신선할 수 있는 주제들을 소중히 여기고 북돋우는 작업을 계속하고 있다.

문학예술은 인간 본연의 자질과 세계를 이해하고 완성시키려고 노력하며, 인간의 보다 나은 운명을 개척하는 데에 이바지한다.[4]

문학예술의 생태적 원리론 분석비평들은 그것대로 전개하더라도, 문
학예술의 보편적 가치와 사명은 인류 사회의 자기완성과 진리를 향해
나아가야 할 것이다.

4 '사목현장' 62항.

제8장

결어

　문학은 자유로운 인간정신의 산물이므로 일정한 틀에 맞추어 생각할 수 없다.

　그러나 문학 작업의 매체가 언어라는 것은 기본 조건이다. 그런데 '모든 것은 말씀을 통하여 생겨났고, 생겨난 모든 것은 말씀에서 생명을 얻었다'고 성서에 씌어 있다. 문학의 범위는 넓고 그 의미의 근원은 끝없이 깊다. 한민족도 고유한 민족 언어와 더불어 형성되어 있고, 창조 작업을 계속하고 있다.

　한국 천주교문학사는 한 종교 범위 안의 내용이 아니다. 한국의 민족 문화가 세계 문화와 만나서 서로를 풍요하게 하는 과정과 의미 안에 있는 문학에 대해 생각하는 것이다. 이 문학사의 내용에 대해 조명을 하려면 색다르게 보일 수도 있는 거점들에 대해 해설을 하게 된다. 이 해설은 문학 형태에 대한 설명의 나열이 아니고 일정한 의미 체계의 구성이며 정돈이다.

　한국 천주교문학사는 한국 천주교가 그러하듯이 민족 문화가 자발적으로 보편성과 만나는 경로에 뿌리를 둔다.

지난 세기까지 동아시아의 문화는 문학과 철학이 한 데 어우러져 있는 것이었다. 조선조 후기 실학의 경세치용학파經世致用學派에서 권철신 형제들과 정다산 형제들 그리고 같은 남인南人 계열 학자인 이벽·이승훈 등이 당시 중국에 들어와 있던 천주교를 자발적으로 찾아가 배우고 국내에 들여온 것이 조선 천주교의 시작이었다.

실학파 학자들이 백성을 위하는 정치에 그치지 않고 우주의 주재자로 하느님이 있다고 하는 것과, 인간의 영혼이 영원에 진입한다는 인식을 제기하였다. 남인 실학파 학문의 맥은 거슬러 올라가 더 오랜 시대 민족 정신사의 흐름도 헤아려 보게 되었다.

한문으로 된 천주교 교리서들이 조선의 서민 신자들에게 한글 가사체로 수용되어 민요 가락으로 읊조리게 된 천주가사, 가사체 형식의 사회적 퇴조 후에는 성가의 가사로, 그다음에는 상장례 기도문으로 역시 민요 가락을 타고 잔존하는 것도 독특한 현상이다.

서구 문학 양식이 본격적으로 유입되던 1930년대 조선 문예계에서 정지용 시인이 광범한 활동을 하면서도 가톨리시즘을 견지한 의미, 해방과 전란기 이후에 걸치는 한무숙 소설과 구상 시의 인간 구원의 문학적 주제들이 있다.

「제7장: 오늘의 한국문학에 대하여」에서는 2000년대 오늘의 한국문학 현장을 조명하였다. 문학사는 미래를 위하여 오늘의 작품들도 다루어야 한다고 보았다. 이 현장에 원래 친밀히 동참해 있는 한국 가톨릭 신자 문학인들의 작품에서 일부를 함께 제시하였다. 한국문학의 오늘과 내일을 향하여 당대의 문학인들이 서로 열린 마음으로 문학예술 작업의 의미와 가치를 나누며 공유하는 자리가 되기를 바란다.